KB141855

다섯 시의 남자

다섯 시의 남자

오후 다섯 시를 살아가는 중년을 위한 공감 에세이

발 행	2021년 9월 5일
글쓴이	박성주
펴낸이	김수영
펴낸곳	담다
디자인	이현정
출판사등록	제25100-2018-2호
메 일	damdanuri@naver.com
주 소	대구 달서구 조암로 38 2층

ISBN 979-11-89784-13-3 (03810)

다섯 시의 남자

오후 다섯 시를 살아가는
중년을 위한 공감 에세이

/

두 번째 청춘(靑春)

오십 대의 중반, 나는 '여섯 번째 10년'을 여행 중이다.

십 년에 한 번씩 인생을 되돌아보고 정리하고 싶었다. 지금껏 열 장이 넘는 명함을 갈아치웠으며, 두 번째 책의 프롤로그를 쓰고 있다. 여행작가의 삶을 꿈꾸며, 코로나19의 상황에서도 여행자의 자세를 잃지 않으려고 노력 중이다. 새로운 것을 시도하기엔 이미 늦었다거나, 혹은 이 정도면 충분하다고 생각할 즈음에 지금과는 전혀 다른 삶을 살아보겠다고 결심했다. 용기가 될지 객기가 될지 모르겠지만, 판단을 독자에게 넘기지 않고 나 자신부터 들여다본다.

'나는 이 상황을 어떻게 여기고 있을까, 나는 나에게 어떻게 비칠까?'

나는 중년이다.

지금까지의 경력과 경험을 벗어두고 가벼운 마음으로 새롭게 도전한다. 꼭 성공해야겠다는 생각은 잊었다. 100세 시대를 살아가고 있지만, 어쩌면 인생의 수명은 원래 50년이 아닐까 생각했다. 그런 측면에서 두 번째 인생이 다시 시작되었다. 아무것도 하지 않아도 되고, 새롭게 시작해도 된다. 예컨대 락파족(중국 소수민족 중 인구가 가장 작은 민족)의 언어를 배운다든가, 가야금이나 첼로 같은 악기를 시작할 수도 있다. 말하자면 무엇이든 가능한 새로운 인생이 시작된 것이다.

이보다 더 좋을 수 없다.

고3인 딸이 씩씩하게 재잘거리고, 아내는 언제든 힘들면 그만두라고 얘기하는데도 꾸준히 회사에 다니고 있고(참 다행이다),

아흔이 넘으신 어머니는 예쁜 치매로 늘 귀여운 미소를 지으신다. 오래되긴 했지만 타고 다닐 차가 있고, 대출을 잔뜩 업고 있는 집이지만 작은 평수의 집으로 옮긴다면 딸의 학원비 걱정은 크게 하지 않아도 된다. 딱 좋은 시기에 삶을 다시 고민하고 있다.

퇴직 후의 인생에 대해, 나를 나답게 일깨워준 글쓰기에 대해, 그리고 삶과 죽음에 관한 고민을 나누려고 한다. 포기하지 않고, 이미 얘기한 것처럼 항상 노래한 것처럼, 그렇게 살기 원하는 마음으로 한 글자, 한 문장 진심을 담아본다.

당당해 보일지 몰라도 몹시 떨리고 부끄러운 것이 사실이다.

책을 읽는 분들께는 감사함과 더불어 미안한 마음이 앞선다. (끝내 만족하지 못하는, 영원히 퇴고를 지속해야 할 것 같은 글을 어설프게 책으로 내는 것 같아 죄송스럽다.)

글을 쓴다고 하면 대단하다고 하시는 분들이 계신다. 하지만 글을 쓰는 것보다 그것을 책으로 내는 것은 훨씬 더 용기와 결단이 필요한 일이었다. 앞서고 싶지도 않고, 강요할 생각도 없다. 글을 읽어나가며 어느 한 문장, 어느 한 행간에서 공감할 수만 있다면, 잠시 가던 길을 멈추고 생각에 잠길 수만 있다면, 더없이 감사하겠다.

글을 쓰는 궁극적 목적이 무엇인지 생각해 보았다. 당장에 멋진 답을 내놓기는 힘들지만, 글을 통해 점점 좋은 인생이 되어가리란 기대가 있다. 내 글에 대해 어떤 식으로든 책임을 져야 한다는 무거운 숙제를 껴안는 것이다. 장시간 모니터를 보고 있자니 눈도 침침해지고 글을 억지로 쥐어짜고 있는 듯해 마음도 침침해진다. 누가 시키는 일도 아닌데 왜 이러고 있나 싶다가도 내 마음에 맞는 글을 발견하게 되면 그 기쁨이 또 새로운 힘을 주기도 한다. 그렇게 '중독'처럼 멈추지 못하는 일상이 되어 간다.

언제나 청춘으로 살고 싶다.

반환점을 돌았다고 해서, 왔던 길로 되돌아갈 이유는 없다. 항상 쨍쨍한 여름일 필요도 없다. 아름다운 가을도 있고, 어쩌면 새하얀 겨울을 더 사랑하고 있는지도 모를 일이다. 누구나 저마다의 시절이 있고, 저마다의 때가 있다. 푸른 청춘의 나이가 아니더라도 나는 나의 계절을 걷고, 나의 계절을 노래하고 싶다.

늙는 것은 아무나 할 수 있는 일이다. 나이가 들면서 성숙해 가는 것이 중요하다고 생각한다. 성숙해 간다는 것은 신념을 가지는 것이며, 그것을 지켜나가는 것이다. 나이와 상관없이 그러한 것들이 지켜질 때 우리는 성숙해지고 성장해가는 것이다. 늙는 것이 아니라 어른이 되는 것이다.

마흔이든, 오십이든 우리가 지닌 숫자의 무게로 우리의 가능성과 기회가 무시당하지 않기를 바란다. 아무 선택도 하지 않고 시간을 보낸다면 그냥 늙는 것이 될지도 모른다. 여러분도 여러분 나름의 선택을 통해 아름다운 중년으로 살아갈 수 있기를 바란다.

오십 네 번째 만나는 청춘의 계절 앞에서

박성주

집에서 찍은 오후 풍경
딱 좋은 시기에 삶을 고민하고 있다.

목차

/

끝난 게 아냐, 후반전이 남았어

나? 요즘 글 쓰고 있어

이번에는 저쪽으로 가 볼까

하나님 앞에 서는 그날까지

신나는 인생을 살아내기를 소망하며

이제 뭐 할까?

머리카락이 매일 자란다니
감사한 일이다

이발을 했다. 별로 마음에 들지는 않는다. 하지만 시간만 지나면 또 자란다. 일주일만 지나면 대충 자리를 잡으니 그럭저럭 참을 만하다.

"이발하셨네요?"

가볍게 아는 척, 인사만 해도 대단한 관심표현이다.

"이발했네?"

"어, 벌써 며칠 됐는데..."

대부분 여기까지이다.

머리 길이나 좌우 밸런스, 스타일을 유심히 보는 사람은 없다. 오로지 나만 본다.

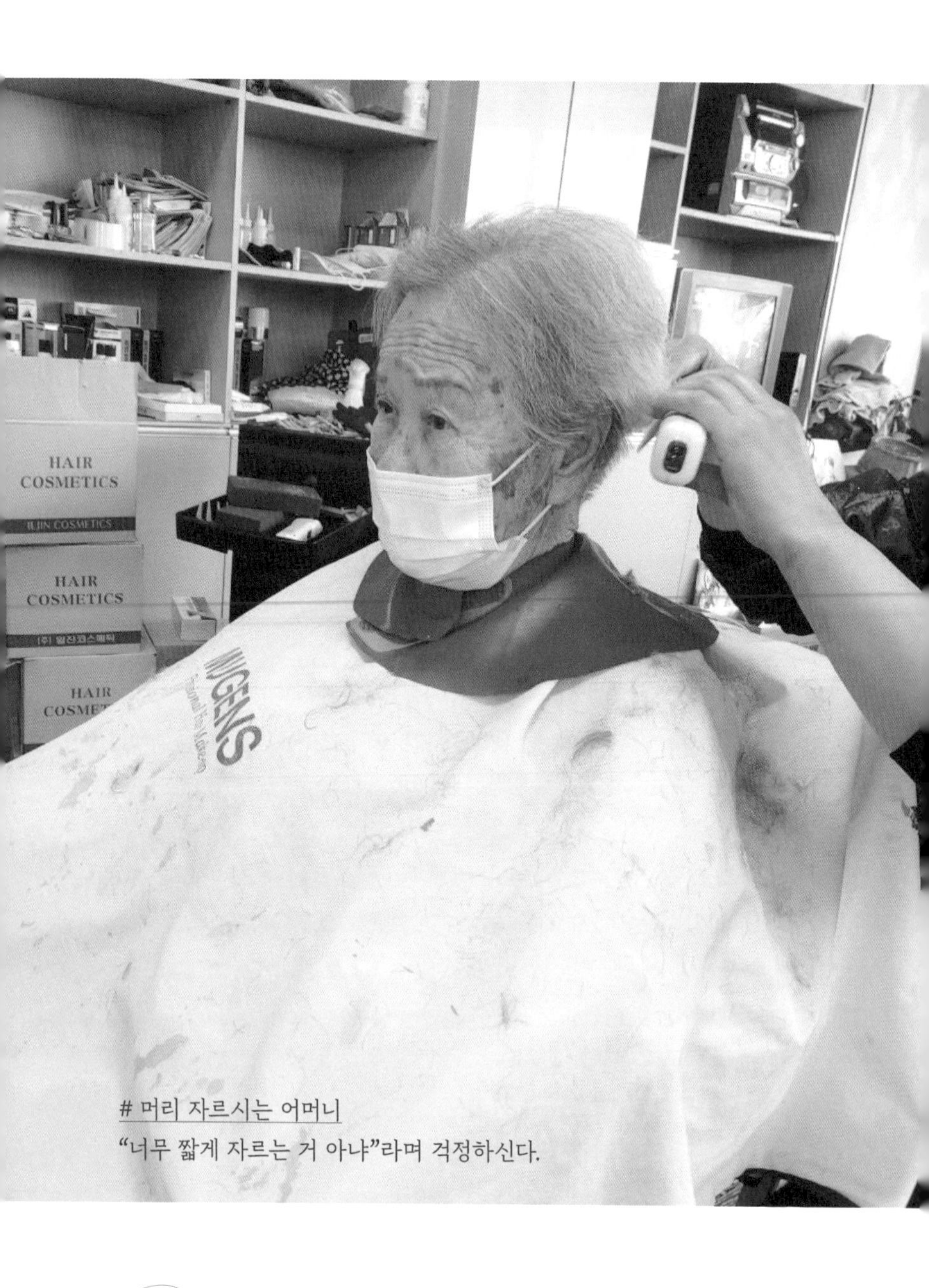

머리 자르시는 어머니
"너무 짧게 자르는 거 아냐"라며 걱정하신다.

다들 편하게 미장원에 가지만 아직도 이발소를 고집하는 친구도 있다. 먼 거리인데도 항상 같은 곳을 찾아간다. 나는 눈에 보이는 곳에 들어가 대충 자른다. 이발해야겠다는 생각이 드는 건 대부분 즉흥적이라, 예약이 쉽지 않다. 그러다 한군데 걸리면 쭉 간다. 책도 한 권 챙겨간다. 웬만큼은 기다릴 생각을 하는 것이다. 그래도 도저히 안 되겠다 싶으면 다른 곳을 가 본다. 그렇게 동네 미장원 투어를 한다.

한 달에 한 번, 새로운 기회가 생긴다는 건 축복이다. 살아가면서 모험을 해 볼 기회가 생각보다 많진 않다. 이발 정도를 모험이라고 할 수는 없겠지만, 그렇다고 망치고 싶은 사람도 없다. 잔뜩 기대하는 일임은 분명하다. 그럼에도 실패를 크게 두려워하지 않고 시도해볼 수 있는 일이 있다는 것은 축복이다. 인생을 살아가는데 이만한 연습이 없다. 매 순간 무수한 선택과 책임 앞에 노출된 인생을 생각하면 '이 정도는 실패해도 되잖아?'라는 가벼운 마음이 생겨난다. (딸은 한 달 내내 모자를 쓰고 다닐지도 모르겠지만)

우연한 선택이 주는 다양하고 소소한 만족이 삶을 신나

게 한다. 선택이나 결정을 할 때 익숙하지 않은 것을 시도해 보면 어떨까? 점심 메뉴를 평소 잘 먹지 않는 것으로 시도해보거나 다니던 길을 두고 다른 길로 들어가 볼 수도 있다. 제목만 보고 책을 사기도 하고, 이름만으로는 도무지 짐작되지 않는 음료를 주문하고, 홈쇼핑에서 충동적으로 옷이나 신발을 구매하기도 한다. 특별한 경우에는 느낌만으로 시계나 안경을 사기도 한다. 나는 딱 여기까지이다. 더 이상 넘어가면 책임감이 없거나 인생에 대한 계획 따위는 전혀 없는 사람으로 인식될 것 같다.

우리는 쓸데없이 많은 걱정을 하는지도 모른다. 문제의 크기와 상관없이 실패에 대한 두려움도 크다. 대충 살아도 된다는 얘기는 아니지만, 결과를 짐작하기 힘든 문제에 대해 너무 많은 걱정을 쏟느라 그 시간을 즐기지 못하는 경우가 많다. 나이가 들수록 조금 더 관대해지기를 원한다. 자신에게나 타인에게나, 큰 문제이거나 작은 문제이거나. 그러기 위해서 연습이 필요하다. 새로운 경험들이 필요하고 도전할 수 있는 용기가 필요하다. 예를 들면, 검증되지 않은 미용실을 가 본다든가 하는 사소한 것에서부터 말이다.

/

"일단 부딪쳐 보는 거야. 실패했을 땐 후회하면 되지."

- 드라마 고독한 미식가 중 -

카카오와 친해지다

교보문고에 갔다가 운동 삼아 집까지 걸어올 계획을 세웠다.

급하게 저녁을 먹고 지하철로 향했다. (대구 3호선은 지상철인데, 지하철이라고 부르기도, 지상철이라고 부르기도 뭔가 어색하다.) 옆에 있는 중고서점 알라딘까지 둘러보고 나니 9시, 슬슬 집으로 돌아갈까 생각하고 걷기 시작했는데 갑자기 피곤이 몰려왔다. 옷차림은 가볍게 나왔지만, 책을 몇 권 사고 나니 가방도 무겁고 다리도 무거웠다.

'이건 도대체 어찌 쓰는 물건인고?'

신호등에 서 있는데 노란색 자전거가 보인다. 카카오 자전거였다. 호기심이 생겼다. 생각보다 어렵지 않았다. 카카오T를 먼저 깔아야 했다.

'어라! 벌써 깔려있네. 언제 깔았지?'

카카오T에서 자전거를 클릭한 후, 화면에 보이는 순서대로 진행하기만 하면 되었다. 옆에 있는 자전거는 배터리가 30%밖에 없어 사용할 수 없다는 메시지가 떴다. 다른 걸 추천해줬다. 화면을 보면서 조금 더 걸어가니 자전거가 부른다. 자기가 여기 있다고 알람을 울리고 있다. 배터리는 70% 남아있고, 상태도 양호했다. 내가 찾은 건지 자전거가 나를 찾은 건지 헷갈렸다.

전기 자전거라 제법 잘 나갔다. 밤공기도 상쾌했다.

집에 도착한 후 잠금장치를 돌리니 자동으로 마감되고, 요금도 바로 정산되었다. 3,600원. 8.7km, 걸어서 2시간 걸리는 거리였다. 15분 기본요금이 1,500원이고 그 후로는 분당 사용요금이 적용되었다. 새롭고 놀라운 경험이었다. 4차 산업혁명을 몸소 체험한 기분이었다. 자전거에 몸을 실은 채 오프라인 세계인 아톰세계(atom world)와 온라인 세계

"이건 도대체 어찌 쓰는 물건인고?"
세상은 넓고 나는 여전히 궁금한 게 많다.

인 비트세계(bit world)가 만나는 혁명적 변화를 누리며 집으로 돌아왔다. 정말 혁명이었다. '이래서 머리로 이해하는 것과 몸으로 느끼는 것이 차이가 난다는 거구나…'라는 생각을 했다.

"유레카!"

경험의 시작은 '호기심'이다.

호기심의 시작은 '질문'이다.

호기심과 질문을 놓는다는 것은 숟가락을 놓는다(삶을 내려놓는다)는 의미가 아닐까?

세상은 빠르게 변해가고 있다. 내가 생각하는 것보다, 느끼는 것보다 훨씬 더 빠르다. 호기심이 없고 질문을 하지 않고 살아간다면, 현재를 제대로 안다고 말할 수 없다. 그러다 보면 "옛날에는 말이야", "내가 직장 다닐 때는 말이야"라는 말만 하게 된다. 과거 어느 시점에 그대로 머물러있게 된다. '그러고 싶어서' 그러는 게 아니라 '그럴 수밖에 없어서' 그런 말이 나오는 것이다.

나이와 상관없이 공부는 계속되어야 한다.

학교 다닐 때의 공부는 자기 것이 아닐 가능성이 있다. 진학을 위해서, 혹은 주변의 강요에 의해서, 모두 하고 있으니 등 어쩔 수 없이 선택한 공부가 대부분이었다. 하지만 이제부터라도 자발적으로, 창의적으로 공부해야 한다. 특별한 강좌를 신청하지 않아도 된다. 아직 접하지 않았던 새로운 분야에 관심을 가지고, 책도 읽어보자. 영화나 드라마를 보고 나서 한 줄 감상평이라도 적자. 소소한 호기심이라도 그냥 넘기지 말고 메모하고 궁금하면 검색하고, 검색한 것을 정리해서 자기 것으로 만들어 보자.

'뭘 그렇게 복잡하게 사느냐고?'

습관이 되면 즐기게 된다. 인생에 새로운 활력이 되고 내공이 쌓이면서 똑똑해진다. 누구와 어울려도 두려움이 없다. 얼굴 주름이 펴지지는 않겠지만 표정이 환해지면서 젊게 보이는 효과도 생긴다. 소파에 기대 리모컨을 쥐고 보내는 시간도 좋겠지만 그건 나중에 해도 된다. 굳이 원하지 않아도 해야 할 날이 오기도 할 것이다. 선택할 수 있을 때, 다른 선택지가 존재하는 것에 감사하며 도전해 보자.

세상은 넓고 나는 여전히 궁금한 게 많다.

/

"묻는 걸 겁내는 사람은 배우는 걸 부끄러이 여기는 사람이다."

- 덴마크 속담 -

'거기' 가서
'그거' 좀 갖다 줘

'그거 있잖아.'

'그때 거기.'

'그거 뭐였지, 여섯 글잔데.'

'그래 그거.'

지시대명사에 점점 익숙해져 간다. 도대체 무슨 말인지. 상대가 알아듣지 못하는 게 당연한데 모른다고 오히려 버럭 화를 내곤 한다. 머리에서 뱅뱅 돌 뿐 입 밖으로 바로 튀어나오지 않는 일이 잦아졌다. 그렇게 고유명사가 내 언어에서 조금씩 멀어지고 있다.

얼마 전, 학교 벤치에 잠시 앉아 쉬면서 지나는 대학생들을 한참 바라본 적이 있다.

'어쩌면 저렇게 다들 이쁘고 멋있을까?'

나도 모르게 '참 좋을 때다!' 라는 소리가 새어 나왔다.

누군가 다시 돌아가고 싶은 시절이 있냐고 묻는다면 어떨까? 예전 같으면 대학 신입생 때라든지, 군대를 제대하고 난 직후라고 말했을 것이다. 그러고선 시간을 돌려 설레는 상상을 하곤 했겠지만, 지금은 아니다. '지금'이 좋다. 요즘의 여유가 반갑다. 경제적인 상황은 여전하지만, 확실히 예전보다 하고 싶은 걸 하면서 살고 있다. 일과 가정과 생활에서의 밸런스도 나름 균형이 잡혀가고 있다. 감사하게도 아름다운 중년의 삶이 이어지고 있다.

나이가 들면서 확실히 새롭게 다가오는 것이 있다. 지혜가 그렇다. 시선에서의 균형이, 여유가 그렇다. 기억력은 떨어지겠지만, 단순히 기억력이 전부가 아니란 것을 알게 되었다. 건망증과 말실수가 늘어 이제 내리막길만 남은 것처럼 생각되다가도 중요한 결정을 해야 할 때가 되면 오히려 차분하고 침착해진다. 나이가 들면서 단어가 잘 생각나지 않는 경우가 많아지는 건 사실이지만, 다행히 말이 지닌 의미는 살아온 경륜이 더해지면서 한결 깊고 풍성해진다.

감성도 풍부해졌다. 바라보는 시선이 확장된 것이다. 액션 영화의 현란한 영상이 예전만큼 신나지 않고, 나와 상관없는 뉴스지만 찡한 감정에 눈물을 꾹 참기도 한다. 가볍게 산책하는 시간이 많아졌고, 걸으면서 혼자 깊은 상념에 빠지기도 한다. 그렇게 무르익어 가는 중이다.

"아, 저 배우 이름이 뭐였더라?"

점심을 먹으며 영화를 봤다.
배우의 이름이 도무지 기억나지 않아 머리를 쥐어뜯었다.

누군가 다시 돌아가고 싶은 시절이 있냐고 묻는다면 어떨까?
19.11.25

앞집 할머니가 은퇴하셨다

앞집 할머니가 은퇴하셨다.

1930년대, 어쩌면 한여름에도 추웠을 것 같은 그 시절에 태어나 대학까지 나오신 분이다. 온화한 미소에서 삶의 이력이 엿보인다.

매일 새벽과 저녁 늦은 시간에 동네를 한 바퀴 돌면서 폐지를 주우셨다. 워낙 조용한 골목길이라 대문이 열리고 닫히는 소리만 들어도 어느 집인지 대충 짐작이 갔다. 사람들이 밤에 폐지를 많이 내놓는 것도 이유겠지만, 쓰레기 더미를 뒤적이는 모습을 남들에게 보이고 싶지 않으셨으리라 짐작된다. 가끔 모아둔 폐지를 트럭이 와서 싣고 있는 걸 봤다. 몇 달에 한 번씩 실어 나갔다. 할머니의 깔끔한 성격이 폐지에도 묻어있었다. 차곡차곡 박스를 얼마나 깔끔하게 해 놓으셨는지 물 묻은 종이가 하나도 없었다. 이제는 그만 하신다는 소리를 들은 터라 유심히 살펴보았다. 오후에 보니 텅 빈 마당을 정리하고 계셨다. 대문에 걸려 있는 안내문이 눈에 띄었다.

「폐지, 폐 물건 수집 그만합니다」

동네 사람들이 폐지가 생기면 대문 앞에 두고 갔기 때문에 안내문을 붙여 둔 것이다. 어머니 간식을 사면서 앞집 할머니 것도 조금 샀다. '은퇴 축하 선물'이라고 하기엔 장난스럽지만, 간식을 건네면서 말씀드렸다.

"그동안 고생하셨어요. 이제 좀 편히 쉬세요."

말은 그렇게 했지만 내심 걱정이었다. 매일 열심히 다니시던 분이 가만 계시다 병이라도 생기시는 건 아닌지.

"노시다가 정 심심하시면 조금씩 또 하시면 되지요."

"아이구, 이제 안 합니다. 힘들어서 못 해요."

우리는 모두 은퇴를 앞두고 있다.
일뿐만 아니라 항상 무언가를 끝내고 또 새롭게 시작한다.

"애들도 하지 말라고 난리예요."

"글씨, 할머니가 쓰셨어요? 참 이쁘게 쓰셨네요."

"뭐가 이뻐요. 삐뚤삐뚤한데."

정말 잘 쓰셨다.

처마 밑인데도 비에 젖을까 봐 비닐까지 덮어 반듯하게 달아 놓으셨다. 마당에 서서 한참을 얘기했다. 할머니는 4년 전부터 폐지를 줍기 시작했다고 하셨다. 몸이 좋지 않아 운동 삼아 시작했는데 이젠 힘들어서 그만하신다고. 좁은 골목길이지만 항상 깨끗했는데 폐지 주우면서 쓰레기 정리도 함께 하셨기 때문일 것이다. 평소 어머니께도 따뜻하게 대해 주셔서 항상 감사하게 생각하고 있다.

"저희 집에도 자주 놀러 오세요."

할머니는 어머니 걱정을 먼저 하셨다.

"코로나 때문에 혹시 할머니한테 안 좋을까 봐 걱정이라서…"

집에 계시면서 이런저런 소일거리를 발견하고 시간을 잘 보내시면 좋겠다.

우리도 모두 은퇴를 하거나 앞두고 있다. 일뿐만 아니라 항상 무언가를 끝내고 또 새롭게 시작한다. 끝은 또 다른 시작이 된다. 할머니도 무언가를 끝내시고 다른 것을 시작하는 지점에 서 계신다. 나이가 많건 적건 마찬가지다. 자신만의 나이테를 하나씩 하나씩 그려나가고 있다. 생각해 보면 인생은 큰 놀이터 같다. 종소리에 교실로 돌아가듯, 어둑해진 골목길에서 엄마 부르는 소리에 집으로 가듯, 언젠가는 돌아가야 한다. 너무 아등바등하지 말고 사이좋게 잘 놀다가 가야 할 때가 되면 미련 없이 툭 털고 웃으며 돌아갈 수 있었으면 좋겠다.

어제도 할머니를 만났다. 여전히 예쁘게 분을 바르시고 깔끔하게 옷을 입으셨다.

곱게 웃으시며 인사를 건네신다.

감사하다.

자뻑 중년,
겸손을 배운다

얼마 전 고등학교 선배 소개로 고객을 만났다. 한참 얘기를 나누던 중, 갑자기 내게 질문을 했다.

"고등학교는 어디 나왔어요?"

60대 중반 정도 되신 분으로 궁금해할 수 있는 질문이라고 생각했다.

"옆에 선배님의 고등학교 후배입니다."

"아. 영신 고등학교 나왔군요."

나는 영신고를 나오지 않았다. 선배의 입장도 조금 이해가 된다. 선배나 나나 그래도 대구에서는 나름 명문대학(생각하기에 따라 다를 수 있습니다만)을 나왔으니 고등학교 정도는 떳

떳해도 되지 않을까 생각하지만, 마음이 같을 수야 없는 노릇이다.

사실 고등학교는 내 자랑거리 중 하나다. 소위 따라지 고등학교긴 하지만 오히려 그 덕에 성장했다. 자신감을 가지게 되었고 소심했던 성격도 바뀌었다. 바른 가치관이 생겼다. 언젠가 책을 쓴다면 고등학교 시절을 책으로 내야겠다고 다짐했을 정도다. 나에게는 자랑스러운 시절이다.

나는 다른 사람의 학벌이나 직업, 재산 등에 별로 기죽지 않는다. 진심으로 대단하다고 엄지손가락을 치켜들 수 있다. 왜냐하면 믿는 구석이 있기 때문이다. 밝히기 쑥스럽지만 난 심각한 '자뻑'(자기가 잘났다고 믿고 있는 것) 증상이 있다. 전부 고등학교 이후에 생겼는데, 어리바리하던 아이가 자신이 소중한 존재임을 그때 알게 된 것이다. 남들과 비교하지 않게 되었고, 스스로에 대한 만족이 자신감으로 발전했다. 나아가 나를 인정하고 남도 인정하게 되었다.

몇 년 전부터 초등학교 동창회 모임에 나가기 시작했다.

당연히 사회적으로 성공한 친구들과 비교는 되겠지만, 신경 쓰지 않는다. 간혹 잘난 척이 심해 도저히 못 봐줄 행동을 하는 친구도 있지만, 그것마저 개성으로 인정하면 그만이다. 대부분 문제는 다른 사람과 비교하는 데서 시작된다. 지금껏 열심히 살았으니 '나는 나, 너는 너'라는 방식으로 접근하면 충분하다.

겸손한 것과 비굴한 것은 다르다. 당당하게 살되 겸손한 마음을 유지하기 위해 항상 나를 점검하고 있다. 법륜스님의 겸손에 관한 강의를 들은 적이 있다. 겸손을 기억하면서 동시에 '자뻑'을 놓치지 않기 위해 노력하고 있다. 중년이여 당당하게, 그리고 겸손하게 살자.

겸손이란 모든 것을 평등하게 본다는 뜻입니다. 세상을 평등하게 보면 자기 윗사람이든 아랫사람이든, 돈이 많은 사람이든 돈이 적은 사람이든 똑같이 대하게 됩니다. 모두가 평등하니까요. 내가 특별히 겸손하려고 노력할 필요가 없어요. 그저 사람을 평등하게 대하면 저절로 세상 사람들이 이를 두고 '겸손하다'라고 말합니다.

그런데 우열이 있다고 잘못 생각하면 누구나 똑같이 대할 수가 없습니다. 우열이 있다고 사고하는 사람은 자기보다 돈이 많거나 지위가 높거나 나이가 많은 사람을 대하면 자연히 마음이 위축됩니다. 우열이 있다고 자기부터가 믿고 있으니까요. 이런 사람을 두고 '비굴하다'라고 말해요.

평등한 자세로 높은 사람을 대하면 어떨까요? 특별히 높은 사람이라는 개념 없이 평등하게 대하기 때문에 세상에서 '당당하다'라고 말합니다. 반대로 우열이 있다고 믿으면 나보다 돈이 많거나 지위가 높은 사람한테 마음이 위축되기 때문에 '비굴하다'라고 말하는 거예요.

이처럼 겸손과 비굴은 겉으로 보면 똑같이 고개를 숙이는 것 같지만 하늘과 땅 차이입니다. 겸손은 평등성에 기초해서 나타나는 것이고, 비굴은 차별성에 기초해서 나타나는 것이기 때문입니다. 그래서 부처님께서 이렇게 말씀하셨어요."

'교만하지 말고 겸손하라. 비굴하지 말고 당당하라.'

– 법륜스님의 희망편지 중에서 –

2019년 여름 몽골의 테를지 국립공원
밝히기 쑥스럽지만 난 심각한 '자뻑'증상이 있다.

고독감 NO!
고독력 YES!

고독력(孤獨力)이라는 단어가 많이 쓰이고 있다. '외로움을 이기는 힘, 고독을 이기는 힘'을 기르는 것. 그것이 중요하다. 혼자 잘 놀 수 있고, 나를 잘 이해하고 바르게 바라보는 것. 그런 든든한 기반 위에서 세상과 소통할 때 힘이 생긴다고 한다.

나이가 들면 돈이나 건강이 전부일 것 같지만 사실 '고독'이 문제다. 고독은 가족이나 동네주민센터가 해결해 줄 수 없다. 그나마 여자들은 집안에서도 소일거리가 있고, 오래전부터 사귀어 온 동네 이웃도 있다. 교회나 절에서 하는 봉사활동에 참여할 수도 있고, 아파트 여기저기 작은 소모

임도 있다. 젊은 시절부터 꾸준히 해 오던 일과 별반 다를 바 없는 환경 속에서 지낼 수 있다. (현재 60세 이상 되는 주위 분들의 모습이며 일반적이라고 단정 짓지는 않는다.)

몇십 년 직장생활을 하다 갑자기 집에 있게 된 남자들이 고민이다. 사회생활에서처럼 대우를 바랄 수는 없다. 살아오면서 몸에 밴 생활로 여전히 어깨에 힘이 들어가고 자존심에 날을 세우는 경우가 많다. 나 역시 운전을 하다가 한참 어린 사람과 시비가 붙고 나서야 깨달았다. 나이가 많다고 그냥 들어주지 않고, 내 권위를 인정해주지 않는다는 걸 실감했다. 정치나 경제에 대한 견해를 나름대로 논리를 가지고 떠들어도 직장 다닐 때의 후배들처럼 묵묵히 들어 주는 사람은 없다. 신조어나 줄임말은 도무지 이해되지 않고, 사고나 행동은 더더욱 모를 일이 되어 간다.

오랜 기간 긴장의 끈을 부여잡고 힘들게 살다가 어느 날 준비 없이 은퇴라도 하게 되면 갑자기 생긴 시간을 어찌할지 몰라 당황한다. 대학 친구가 있다. 일을 그만두고 여기저기 재취업을 위해 애쓰다 결국 포기하고 산에만 다닌다. 무료한 시간을 달래고 건강을 위해 산에 가는 것은 그나마 좋은 선택이라 여겨진다. 하지만 매일 산에 오른다고 해서 고독이나 불안감, 무기력함이 사라지는 것은 아니다.

일본에서는 '하류 노인'이란 신조어가 생겼다. 「2020 하류 노인이 온다」의 저자 후지타 다카노리는 하류 노인을 '3무(無)'로 정의하고 있다. 수입, 저축, 그리고 의지할 사람이 없는, 사회에서 완벽하게 고립된 노인을 말한다. 우울한 소식이다. 나는 아직 그런 형편까지는 아니라고 해도 안심되지 않는다. 하지만 의지할 사람이 없다고 해서 모두 '하류 노인'은 아니다. 혼자서도 외로움에 빠지지 않고 충분히 의미 있는 시간을 보낼 수 있다. 운동을 통해 체력을 키우듯 고독력(孤獨力)을 키워 간다면 중년 이후의 삶도 충분히 활기차게 만들 수 있다.

마우스 더블클릭이 안 될 때가 가끔 있다. 아주 가끔이긴 하지만 더블클릭을 한다는 게 타이밍을 놓쳐 실행되지 않을 때면 순간 당황한다. 화면 글자를 크게 키울 수밖에 없더라도, 더블클릭이 조금 힘들더라도, 그래도 용기를 가지고 다양하게 시도하고 있다. 목공이나 가죽공예처럼 손을 움직이는 일도 좋고, 색소폰이나 기타 같은 악기도 좋다. 배낭여행을 목표로 외국어에 도전할 수도 있고, 봉사활동 단체에 가입해 지금까지의 사회생활에서 얻은 소중한 경험을 나눔으로 보람을 찾는 것도 방법이다. 시간을 쪼개 활용하다 보면 그 속에서 인생의 재미와 의미를 새롭게 발견할 수 있게 된다.

요즘은 다양한 문제에서 조금씩 자유로워지고 있다는 느낌이 든다. 자식 걱정, 돈을 벌어야 하는 부담감, 세상을 전투적으로 바라보는 무게감도 줄어들었다. 사회복지 시스템이 점점 좋아지고 있으니 욕심 없이 산다면 그럭저럭 살아갈 수 있다. 나이가 주는 연륜으로 '그럼에도 불구하고'를 떠올리며 현실의 상황 속에서 즐거움을 찾는 지혜도 생겼다. 대단한 것을 할 필요는 없다. 일상에서 소소한 기쁨을 발견해 가고 혼자 보내는 시간을 잘 준비해 가는 것, 끊임없이 배우려는 자세로 도전해 보는 것으로 충분하다. 중년 이후의 고독에 흔들리지 말자. 오히려 그 고독을 즐기고, 고독력(孤獨力)을 키워보자.

/

"인간은 사회에서 여러 가지를 배울 수 있다.

그러나 영감을 받는 것은 오로지 고독 속에 있을 때만 가능하다."

- 괴테 -

혼자 잘 놀 수 있고, 나를 이해하고 바르게 바라보는 것.
그런 든든한 기반 위에서 세상과 소통할 때 힘이 생긴다고 한다.

'한 말씀'

하시쵸

대학 시절 친구들과 모인 자리에서 재밌는 농담을 몇 마디 한 것이 와전되어 굉장히 웃기는 놈으로 소문이 났다. 물론 전혀 웃기지 않는 것은 아니지만 '그렇게까지' 웃기는 놈은 아니었다. 그 일을 계기로 연합동아리 모임에서 2부 행사 사회를 맡게 되었다. 주위 응원만 믿고 덜컥하겠다고 대답하고 수백 명이 보는 앞에 섰다. 머리가 하얘지면서 여기가 어딘지, 내가 왜 이러고 있는지 모를 지경이 되었다. 뻘겋게 달아오른 얼굴로 아무런 말도 못 하고 한참을 서 있게 되었다.

삼십여 년이 지났지만, 그때를 생각하면 아직도 얼굴이

화끈거린다. 하지만 큰 도움이 된 것도 사실이다. 그 후로는 어떤 자리에서든, 무엇을 하든 철저하게 준비한다. 절대 나의 감각을 믿지 않는다. 마이크를 잡을 일이 있으면 어느 지점에서 끊을 것인지, 어디서 긴 숨을 내쉴 것인지까지 철저하게 준비했다. 그러다 보니 실수가 줄고 서서히 내가 무슨 말을 하고 있는지 들리기 시작했다. 듣고 있는 사람의 얼굴도 눈에 들어왔다. 자신이 무엇을 알고 무엇을 모르는지에 대해 스스로 자각하고 해석하는 능력을 메타인지(meta認知) 능력이라고 표현하는데, 대학 시절에는 이 메타인지 능력이 현저히 낮았다. 내가 나에게 속은 것이다.

나이가 들면서 대표로 나서서 '한 말씀' 할 일이 자꾸 생긴다. 모임에서 건배사를 제안하고, 마지막 마무리, 끝으로 한 말씀까지. '어떻게 생각하냐'는 정리 발언은 물론 여러 의견을 모아 결론을 내야 하는 경우가 많아졌다. 문상을 가거나 병문안을 가더라도 어떤 위로를 건네야 하고, 명함을 주고받고는 일에 앞서 무슨 말로든 분위기를 만들어야 했다. 이런저런 이유로 '한 말씀'이 내게 돌아올 일이 잦아졌고, 언제부턴가 어디를 가든 습관처럼 '한 말씀'을 준비하게 되었다. 써먹을 때도 있지만 그냥 지나칠 때가 더 많다. 하지만 매번 준비하는 '한 말씀'이 쌓여 귀중한 자료가 되고 생각을 정리하는 데 도움이 된 것은 사실이다.

미리 준비해 보자. 연습해보는 것이다. 다양한 자리에서 여러 얘기일 것 같지만 정리해 보면 의외로 법칙이란 걸 만들 수 있다. 길게는 서론, 본론, 결론 같은 것. 정의 내리고, 요약하고, 내 의견 덧붙이고. 나만의 감각을 살려 연습하고 준비하는 것까지 해 보자. 가슴에 와 닿는 명언을 몇 개 외우고 실제로 그 뜻이 내게 영향을 미치게끔 깊이 묵상하는 것도 좋다. 은연중에 그러한 명언이 나의 철학이 되고 삶으로 드러나게 된다. 물론 말만 앞서서는 곤란하다.

TV 먹방 프로그램에서 연예인들이 맛 표현하는 걸 보면 절로 감탄이 나온다. 기껏해야 '맛있네요, 너무 맛있어요.' 말고는 할 말이 없는 나로서는 어마어마한 그들의 표현이 언어의 마술처럼 보인다. 하지만 알고 보면 그들도 연습한 것이다. 미리 준비한다. 그것도 치열하게. 그러면서 자연스럽게 더 멋진 표현으로 진화한 것이다.

처음부터 잘하려는 욕심을 버리고 다른 사람 반응에 너무 신경 쓰지도 말자. 처음 사회를 맡았던 동아리 모임을 생각하면 지금도 도망가고 싶지만, 당시의 일을 기억하는 사람은 아무도 없다. 조금 뻔뻔해지면 된다. 그리고 교훈을 얻고 다음에 잘하면 된다. '한 말씀' 할 일이 생길 것 같으면 미리 준비하자. 우리는 프로가 아니니 틀려도 좋고 준비한 대로 하지 않아도 괜찮다. '한 말씀'이 주는 유익은 얘기하기 전에는 몰랐을 나에 대한 가치관이 드러난다는 것에 있다. 생각이 정리되고 요약이 되면서, 나를 더 깊이 알게 되고 사고가 점점 확장되는 경험을 하게 된다.

남 눈치 보지 않고 내 가치관을 말할 수 있고, 자신이 말한 대로 살아갈 수 있다면 이 또한 멋진 삶이 아니겠는가?

나이가 들면서 '한 말씀' 할 일이 자꾸 생긴다.
모임에서 건배사를 제안하고, 마지막 마무리, 끝으로 한 말씀까지.

쉰넷,
다시 여행 시작이다

어느 작가의 여행책을 읽다 문득 오래전 필리핀 여행에서 묵었던 THE MANILA HOTEL이 생각났다. 1912년에 개장한 호텔, 리잘파크와 인트라무로스를 걸어서 갈 수 있고, 마닐라 베이에서 석양을 바라보며 산책할 수 있는 곳이다. 오래된 역사만큼 마이클 잭슨이나 김대중 대통령 같은 시대의 유명 인사들이 머물렀던 곳이기도 하다. 로비에서 근사하게 커피를 마시며 무대에서 연주하는 피아노와 중창단의 아름다운 화음에 빠져들고 싶어졌다. 100년의 역사를 내려다보고 있었을 통나무로 웅장하게 장식된 높은 천장을 멍하니 응시하고 싶어졌다. 덥고 후덥지근한 공기 탓에 인력거로 대충 돌아보고 말았던 인트라무로스를 모자 하나 쓰고 가볍게 온종일 둘러보고 싶어졌다.

구글 지도를 펴 그곳들을 대충 둘러보고, 올겨울쯤으로 해서 호텔 가격을 검색했다. 잠시 상상의 여행을 떠나본다. 코로나19는 어떻게든 지나가게 될 것이고 그동안 부지런히 아끼고 벌어서 여행자금을 마련하면 된다. 오래전 배낭으로 다니기 불안했던 시절, 첫 필리핀 여행의 추억을 빌미로 THE MANILA HOTEL만을 위해 티켓을 끊을 수 있다면, 5성급 호텔을 좋아하진 않지만, 이참에 며칠을 묵어볼 호사를 누릴 수 있다면, 어쩌면 이런 충동을 저지를 수만 있다면 나이의 무게 따위는 상관하지 않는 가벼운 인생이 되지 않을까 생각한다.

단지 여행에 관한 얘기만은 아니다. 인생이 순례자의 삶이라면, 하루하루가 여행임을 자각하고 그 신분을 가지고 살아갈 수 있다면 얼마나 좋을까. 쓸데없는 무거운 것들을 내려놓고 혹시나 해서 챙겨둔 것들도 꺼내놓고, 감당할 수 있는 것들만 메고 살아갈 수 있게 되지 않을까. 무엇이 욕심인지, 소망인지를 구분하고 천덕꾸러기가 될 기념품들을 뒤로하고 겸손한 여행자로의 일상을 걸을 용기를 내봐야겠다.

'머뭇거리지 않겠다'라는 신념으로 '어떻게든 되겠지'가 아니라 '어떻게든 전진하려는' 마음으로 살아가 볼 생각이다. 장래의 안정을 유보하고 현재의 모험을 감당할 의지를 불태운다. 완벽하게 준비되지 않았더라도 일단 용기를 내 보자.

여행지에서 다시 이곳의 시간을 돌아보고, 더불어 나의 깊은 내면을 들여다보고 싶다. 여행을 통해 타인의 삶에 더 관심을 가지길, 삶의 과정이 풍성해지길 원한다. 인생의 가치가 더 숭고해지기를 바란다. 나이 들어 떠나는 여행은 의미가 다르다. 이전에는 앞만 보고 달렸다면, 이제는 좀 더 깊이 볼 수 있어야 한다. 본질을 파악해야 한다. 혼자가 아니란 것도 알고, 완주가 주는 스탬프가 전부일 리가 없음도 알고 있다.

우리는 언젠가 마지막 여행을 해야 한다. 어떻게 살았는지, 어떻게 죽을지 상상해 본다. 그 속에서 내가 어떻게 여행해야 할지, 어떻게 소통해야 할지 떠올려본다. 일상에서 작은 의미를 발견하고 진짜 소중한 것이 무엇인지 알게 될 때 비로소 행복한 여정이 될 것이다. 마치 첫사랑의 열정처럼, 설령 불꽃처럼 타오르다 쉬이 식어버린다 할지라도 여행자의 본질적 인생을 뜨겁게 살아내고 싶다.

러시아 이르쿠츠크
나이 들어 떠나는 여행은 의미가 다르다.
혼자가 아니란 것도 알고, 완주가 주는 스탬프가 전부일 리가 없음도 알고 있다.

끝난 게 아냐,

후반전이 남았어

숨은 그림 찾기

여행작가로 살겠다는 꿈이 있다.

여행 중에 항상 메모지와 펜을 들고 다니면서 긁적인다. 하지만 선배작가들의 책을 읽다 보면 점점 주눅이 들고 자신감은 바닥으로 내려가면서 그저 취미로 끝내야겠다는 생각이 커진다. '처음부터 쉬운 일은 없는 거야.'라고 위안 삼아 보지만 현실의 벽은 너무 높게 느껴졌다. 그러다 용기를 내어 나가사키 여행 에세이를 준비하게 되었다. 출간기획서를 만들고 기본적인 자료 수집을 하고 목차를 작성했다. 1차 기획서를 출판사로 보내고 추가로 수정하면서 글도 쓰고 있다.

용기를 내게 된 동기는 여러 가지다. 무엇보다 지금이 아니면 다음에는 기회가 없었을 같다는 생각 때문이었다. 출판사에서 어떻게 결정을 하든 시작할 것이다. 그동안 생각만 하다 시도조차 못 한 일이 얼마나 많았는가. 그러다가 잊어버리고 처음인 양 다시 생각해내고, 그러기를 반복한 인생이었다.

「한 달에 하나 엄마의 행복 연습」이라는 책에 보면, 사람들은 하루에 보통 6만여 개의 생각을 가진다고 한다. 그토록 많은 생각을 한다는 것도 놀라운 일인데, 더욱 놀라운 사실은 그 많은 생각 중 단 2%만이 새로운 생각이고 나머지 98%는 어제와 똑같은 생각이라는 사실이다. 이건 우리가 새로운 생각을 하지 못하는 것이 아니라 우리의 사고가 고착되어 스스로 생각을 바꾸지 않는다는 것이다.

매일 뭘 먹을지, 뭘 할지, 어디를 갈지, 누구를 만날지, 어떻게 살지, 새로울 수 있는 오늘을 여전히 어제와 같은 생각으로 살아가면서 이전과 달라지기를 기대할 수 있을까. 다르게, 새롭게 바라보지 않으면 익숙한 것만 쫓게 된다. 구

태의연한 사고를 벗어 던지는 것, 익숙한 시선에 의문을 가지고 다시 살펴보는 것. 이것이야말로 새로운 인생의 출발점이다. 인생을 조금 다르게 살아가려면 2%를 넘어서는 힘이 필요하다. 나는 그것을 '용기'라고 생각한다.

소설가 마르셀 프루스트는 '진정한 여행이란 새로운 풍경을 보는 것이 아니라 새로운 눈을 가지는 것이다.'라고 했다. 새로운 눈으로, 새로운 생각으로 세상을 바라볼 수 있는 용기가 필요하다.

'나가사키 여행 에세이'는 이미 시작되었다. 꾸준하게 자료를 모으면서 언젠가 여행의 꿈이 현실이 되면 답사를 떠날 것이다. 그때는 풍경 너머를 바라볼 수 있는 '새로운 눈'을, 그리고 '새로운 생각'을 가질 수 있기를 소망한다. 이전에 볼 수 없었던 내 인생의 숨은 그림을 발견해 낼 수 있기를 기대한다.

/

"모든 것의 시작은 위험하다. 그러나 무엇을 막론하고,

시작하지 않으면 아무것도 시작되지 않는다."

- 프리드리히 니체 -

이전에 볼 수 없었던 내 인생의 숨은 그림을 발견해 낼 수 있기를 기대한다.

두 번째 인생은
머뭇거리지 말아야겠다

내가 다시 살 수 있다면 많은 착오를 범하고 싶다. 지금 살았던 것보다 더 어리석게 행동하고 싶다. 더 많은 기회를 가질 것이며, 더 많은 여행을 할 것이며, 더 많은 산을 오르고 더 많은 강을 건널 것이다.

오! 나 자신만의 시간이 있었더라면!

그래서 난 나에게 속한 더 많은 시간을 경험해 보고 싶다.

내가 다시 살 수만 있다면, 이른 봄부터 늦가을까지 맨발로 다니고 싶다. 회전목마를 더 많이 타고, 더 많은 일출을 보고, 더 많은 아이들과 놀 것이다. 내가 다시 한번 살 수만 있다면.

- 여든다섯 살 되신 할머니의 메모 -

처음 글을 읽고 '참 좋은 글이다!'라고 생각했다. 몇 번을 읽다 보니 글이 내 가슴에 자국을 남긴다. 할머니의 이야기가 아니라 미래의 내가 지금의 나에게 들려주는 이야기처럼 들렸다. 30년쯤이 지나서 나는 어떤 글을, 어떤 마음을 남기게 될까.

초등학교 1학년 무렵이었다. 구멍가게 앞에서 달고나를 만들어 먹으려고 했는데 아이들이 빼곡히 둘러앉아 있어 들어갈 틈이 없었다. 소심한 성격에 아무런 말도 못 하고 우두커니 서 있다 그냥 설탕 한 덩어리만 들고 집으로 돌아왔다. 어머니가 부엌에서 만들어 주시는 걸 방에 앉아 가만히 지켜보던 모습이 사진처럼 선명하게 남아있다.

래프팅이 한창 유행하던 대학 시절 강을 따라 내려가다 바위 위에서 다 같이 다이빙을 했었다. 나만 빼고 모두 뛰어든 것 같다. 무서웠던 기억이 아직도 생생하다. 등산을 하다 말고 정상 인근에서 포기한 일, 사과하고 싶었지만 용기가 나지 않아 마음을 전하지 못한 일, 심지어 메뉴 하나 내 의지가 아니라 그냥 따라서 결정했던 일까지 남들 배려하

느라 정작 나 자신의 마음이나 상처는 보지 못한 일들이 너무 많았다. 착하게 생겼다는 말을 자주 들어서인지 그렇게 살아가는 것이 바른 것이라는 생각을 가졌던 것 같다.

가장 후회되는 일이라면 전문대에 지원하고서 가지 않은 것이다. 당시에는 대학을 졸업하고 다시 전문대를 지원하는 일은 흔치 않았다. 남들 시선 때문에 포기했었다. 튀는 행동이 익숙하지 않았었다. 그때 지원했던 관광과를 갔다면 아마 다르게 살고 있지 않았을까, 직업뿐 아니라 삶의 방식이나 신념도 마찬가지다.

지금보다 형편이 나아졌으리라 장담할 수도 없고 기대하지도 않지만 그래도 아쉽진 않았을 것이다. 내가 결정할 수 있는 일을 내 마음대로 하지 못했다는 것을 후회하고 있다. 그렇지만 아직 기회가 남아있다는 것을 알고 있다. 조심하고 눈치 보느라 도전하지 못한 게 많아서인지 사춘기 소년처럼 요즘은 호기심이 많아졌다. 주위 반응을 살피느라 모험하지 않고 보낸 시간이 미치도록 아까워졌다.

대학 졸업 후에 다시 방송통신대학을 졸업하고, 대학원까지 마쳤다. 지금도 무슨 강좌나 프로그램을 보다 마음이 끌리면 신청한다. 젊은 시절 도전하지 않았던 잠든 시간을 보상받기 위해 밤샐 작정으로 열심히 시도하고 있다. 지금의 나는 해 보고 싶은 건 도전하고, 안될 때도 다른 사람 의식하지 않고, 내게만 집중하려고 노력 중이다. 일단 해 본다. 중도에 포기하는 걸 부끄럽지 않게 생각하기로 했다. 나만의 작은 목표를 만들어 그 지점까지는 가 보려고 노력하고 있다.

"내가 다시 살 수 있다면 많은 착오를 범하고 싶다."

너무 치밀하게 계획하지 않고 그냥 해 보는 것이 중요하다. 목적지에 도착하는 것만이 여행의 목적이 아니듯 인생의 목적도 과정에서 행복을 발견하는 데 있다면 성공하지 못했더라도 과정에 더 많은 의미가 숨어 있다고 생각한다. 실패한 결과들이 만들어 놓은 인생의 진짜 의미를 발견하고 싶다. '같은 행동을 반복하면서 다른 결과를 기대할 수는 없다.'라고 말한 에디슨이 생각난다.

쉰 살이 넘으니 시야가 달라진다. 여든다섯의 할머니가 전하는 메모가 큰 울림을 준다.

머뭇거리지 않는 인생을 살아갈 것이다.

/

"남과는 다른 이야기를 하고 싶으면,

남과는 다른 말로 이야기 하라."

- 피츠 제럴드 -

중도에 포기하는 걸
부끄럽지 않게 생각하기로 했다.

후회하진 않지만 미안한 삶을 살았다면

코로나19가 터지기 직전이었다. 본격적으로 무역업을 해 보겠다고 뛰어들었다. 지금까지 하던 일의 연장선이라 쉽게 생각했다. 시장조사를 하고, 판로 개척을 알아보고 겨우 방향을 잡았는데 길이 막혔다. 중국에서 EMS로 조그만 샘플 하나를 받는데 한 달 이상 걸렸고 수정해서 다시 요청서를 보냈지만, 한동안 소식이 없었다. 일본도 마찬가지였다. 몇 번 의논한 끝에 견적까지 조율했지만, 오도 가도 못하는 상황은 계속되었고 환율은 요동쳤다. 더 이상 진행되지 않았다. 어쩔 수 없이 잠정적 은퇴를 했다.

지금껏 오랫동안 맞벌이를 했지만, 집안일은 도와주는

수준이었다. 하지만 요즘은 설거지나 청소는 알아서 하고 있다. TV 리모컨을 포기한 지 이미 오래되었다. 나만의 공간이었던 다락방은 딸에게 넘어갔다. 온라인 개학으로 인해 교과서나 여러 복사물로 어지럽혀져 있고, 노트북도 딸 차지가 되었다.

두 번째 책을 쓰겠다는 용기를 낸 것만으로도 대단한 일이라는 생각이 든다. 글쓰기뿐 아니라 다른 것도 마찬가지다. 무언가를 시작한다는 것에는 용기 있는 결단이 필요하다. 하지만 현실은 자꾸 미적거리게 된다.

"맞는 말이긴 한데 지금은 좀…"

"다음에 생각해 보지."

다음이라고 상황이 달라지지 않을 것이란 걸 안다. 너무 깊이 고민하지 않고, 일단 한 번 해보자고 혼자 다짐해본다.

사람들은 얘기한다. 헛된 꿈은 독이라고, 세상은 끝이 정해진 책처럼 이미 돌이킬 수 없는 현실이라고. 그 소리는 어쩌면 다른 사람이 아닌 스스로를 향해 던지는 소리인지도 모른다. 꿈을 꾸기에 좋은 정년은 따로 있지 않다. 성장하는 일에 어떤 규칙이 있는 것도 아니다. 그럼에도 불구하고 우리는 다른 누군가의 길을 보며 그 길을 따라나서는 경우가 많다. 이제는 달라져야 한다.

가수 인순이의 '거위의 꿈'을 들었다. 그 시절의 차별과 좌절 앞에서 끝내 꺾지 않은 '그녀의 꿈'을 상상해 보았다. 숱하게 들었던 노래가 오늘 다르게 다가오는 것은 내가 고민하는 문제를 품고 있었기 때문일 것이다. 도전에는 실패가 없다고 생각한다. 지금껏 미적거렸던 과거로 인해 스스로에게 미안한 마음이 있다면 이제라도 다른 선택을 해 보자. 훗날 자신에게 미안해하는 일이 생기지 않도록. '다음에' 하면서 미뤘던 것을 후회하지 않도록.

/

중년도 청춘이라면 청춘이다.

청춘은 청춘답게.

You never know until you try.

너무 깊이 고민하지 않고,
일단 한번 해보자고 혼자 다짐해 본다.

경로를
이탈하였습니다

저녁이면 자주 걷는다. 집 근처 무학 네거리를 시작으로 황금동 고가교까지 한적한 길을 따라 가볍게 내려간다. 두리봉 터널을 지나 담티 고개를 넘어 큰길을 만나면 다시 우측으로 돌아 연호네거리까지 온다. 연호역에서 범안로를 따라 월드컵 경기장 방면으로 쭉 걸어서 집으로 돌아온다. 연호 마을의 집들과 작은 연못이 달빛에 예쁘게 반짝인다. 빠른 걸음으로도 총 2시간 넘게 걸리는 제법 긴 코스다. 이 길에는 사람이 거의 다니지 않는다. 답답한 마음에 마스크를 벗고 숲의 향기 속에서 큰 숨 쉬며 걸을 수 있다.

누구나 은퇴를 한다. 예외가 없다. 그 이후의 삶은 길어진 수명과 함께 무거운 숙제로 남게 된다. 지금까지와는 다른 삶이 필요하다. 주체적으로 살아야 한다. 사회의 일원으로, 아버지로, 아들로 지금껏 열심히 살아왔다면 이제부터는 내가 정하는 방식으로 세상을 바라보고 싶다. 겨우 전반전이 끝났다. 전반전 내내 주변 환경에 의한 삶으로 지쳤다면(어쩌면 지쳤는지도 모르고 살았을 수 있다.) 지금부터는 내 의지대로 해석하고 반응해 보자. 진짜 내 인생을 살아보자.

은퇴하면 무엇을 할 것인지에 대해 은퇴한 후 생각하면 늦다. 그전에 여유를 가지고 곰곰이 생각하고, 자료도 모으고, 발품을 팔아야 한다. 공부도 열심히 해야 한다. 책도 보고, 글도 쓰고. 생각을 정리하고 요약해 보자.

이 길이 아니라고 생각되면 다시 돌아가면 된다. 만약 자신의 선택에 대한 결과를 확인하고 다시 돌아갈 수 있다면 누가 의심하며 머뭇거리겠는가. 꿈을 꾼다는 것은 매일매일 확정하는 일이며 꿈꾸는 대로 살아가는 일이다. 잘못된 길로 들어선 것도 아닌데 귓가로 환청이 들리는 것 같다.

"경로를 이탈하였습니다!"

"경로를 이탈하였습니다!"

당당하게 외쳐 본다.

"이탈한 게 아냐. 재탐색 중이야!"

/

"우리가 실패라고 부르는 것은 추락하는 것이 아니라

추락한 채로 있는 것이다."

- 메리 픽 포드 -

"이탈한 게 아냐. 재탐색 중이야!"

중년의
위기

1990년도에 일본에 갔을 때의 일이다. 밤이 되면 닫힌 상점 앞에 노숙자들의 잠자리가 즐비하게 늘어선 것을 볼 수 있었다. 어디서 이렇게 많은 사람이 나왔을까 싶었다. 특히 아키하바라나 신주쿠 같은 화려한 도시일수록 더 넘쳐났다. '노숙자'라는 말도 그때 처음 들었다. 그중에는 대학을 졸업한 사람도 많다고 했다. 그들은 편의점 같은 곳에서 유통기한이 지난 음식을 구하거나 쓰레기통을 뒤져가며 생활했다. 신문이나 잡지를 보고 있는 모습도 자연스러웠고, 지저분했지만 브랜드 옷이나 신발을 신고 있었다. 오죽하면 "일본에는 거지들도 나이키를 신고 다닌다!"라고 친구들에게 얘기했을까. 거지라고 하면 당연히 그러한 형편에 내몰려 어쩔 수 없이 삶을 연명한다고 생각했었는데 그곳의 노숙자는 스스로 그 자리를 선택했다는 사실에 놀랐던 기억이 난다.

'남편 살리기'라는 일본 드라마가 있다. 대기업 과장인 주인공은 어느 날 회사에서 부하직원의 실수를 감싸주지 못해서 신랄하게 비난을 받는다. 그로서는 어쩔 수 없는 상황이었지만 평소 그를 시기하던 동료들까지 믿을 수 없는 사람이라고 몰아세웠다. 그는 폭음을 하고 집에 늦게 들어갔다.

결혼 15주년 기념일이었던 그날, 선물은 고사하고 초라한 저녁 식사로 기념식을 대신해야 했던 아내는 그를 거실에서 쓰러져 자도록 내버려 두었다. 다음날 두 남매와의 등산 약속마저 지키지 못하게 되자 그는 졸지에 주변 모든 이들로부터 믿을 수 없는 사람이 돼버렸다. 그는 출근길에 늘 마주치던 노숙자를 유심히 쳐다보다 일상으로부터 도망가고 싶은 충동에 술과 안주를 사 들고 가 그들과 합세한다. 그들과 일주일을 생활하는 동안 그들 역시 일상의 부담감으로부터 도망 온 사람이란 것을 알게 된다. 그는 결국 마음을 잡고 집으로 돌아오게 된다.

"우리가 너무 심했다."

사과하는 동료와 가족 앞에서 그는 말한다.

"난 그저 운이 좋아 돌아올 수 있었을 뿐이야."

'레나 모제'가 쓴 「인간증발」이란 책에서 일본인들은 빚이나 진학 실패, 이혼과 같은 사회적인 실패가 계기가 되어 증발하는 경우가 많다고 했다. 그중 가장 큰 요인이 실직이었다. 평생 자신의 삶을 희생하며 회사에 충실하게 일해온 직장인들에게 해고는 참을 수 없는 분노를 안겨준다. 이런 저런 이유로 스스로 증발해 버리는 사람이 매년 85,000명이나 된다고 했다.

비단 일본의 일만이 아니다. 자살률 증가라든가 히키코모리(사회생활을 거부하고 장기간 집안에만 틀어박혀 있는 사람이나 그 상태를 일컫는 말) 같은 문제는 남의 얘기가 아닌 일이 된 지 오래되었다.

「인간증발」에서 저자는 일본 열도를 압력솥에 비유한다. 약한 불에서 서서히 온도가 올라가고 있는 위험한 형국이라고 했다.

비록 일본의 사례이긴 하나 가장이 설 자리를 잃어가고 인간이 증발해 가는 시대적 상황은 크게 다르지 않다고 생각한다. 위기 앞에 서 있다. 다들 막연한 희망만 품고 자신은 해당되지 않는다고 외면하고 있다. 판단과 상관없이 위기는 성큼 다가왔다. 하지만 아직 선택할 수 있다. 막다른 길이 아니다. 돌아설 수도, 잠시 멈출 수도 있고, 새로운 시작으로 만들어 갈 수도 있다. 이즈음에서 당신에게 묻고 싶다.

당신은 안전한가?

당신은 준비하고 있는가?

"난 그저 운이 좋아 돌아올 수 있었을 뿐이야."

사색하는 인생

운동을 좋아하진 않지만, 일주일에 두 번 정도 두 시간씩 걷는다. 한적한 길에 오르막도 없고 편안한 마음으로 걷다 보니 운동이라기보다는 산책에 가깝다. 나의 걷기의 목적은 사색에 있다. 일상 속에 '일시 멈춤'의 시간을 갖는 것이다. 생각하지 않고 살아갈 수는 없다. 하지만 세상은 생각 없이 살아도 불편하지 않도록 변하고 있다. 불편한 것이 나쁜 것인지, 편한 것이 좋은 것인지 고민이 필요해 보인다.

여행을 좋아한다. 패키지보다 자유여행이 좋다. 가끔 패키지여행에 대해 생각해 본다. 타라면 타고, 먹으라면 먹고, 사진 찍으라면 찍고, 설명 들으며 앞사람만 슬렁슬렁 따라

가면 된다. 하지만 희한하게도 패키지여행을 떠나면 차에서 계속 졸게 된다. 그것도 가이드가 중요한 설명을, 아주 재밌게 하는 와중에. 다들 그런 경험이 있을 것이다. 왜 그렇게 잠이 쏟아지는지 신기하다. 아무래도 마음이 편해서일 것이다. 거기에 비용도 같은 코스라면 자유여행보다 오히려 싸다. 안전하기도 하고.

반면 자유여행은 조금 힘이 든다. 차 안에서 잠을 잘 만한 여유가 없다. 긴장하면서 안내 책자나 팸플릿을 꼼꼼히 연구한다. 하나라도 더 보기 위해 창밖에서 눈을 떼지 못하고, 떠나기 전부터 블로그를 뒤져 메모하고 정리한다. 여행이라면 패키지여행과 자유여행 중에서 각자의 취향에 따라 잘 비교하여 선택하면 된다.

가끔 이런 질문을 던진다.

'만약 여행이 아니라 진짜 삶이라면 내 인생을 패키지로 보낼까?'

'가이드에게 맡기고 말까?'

'그 뒤에 숨어서 위험을 피하고 골치 아픈 일들은 잊고

편안히 살아가고 싶을까?'

'남은 인생을 연금이나 월세, 물려받은 재산으로 걱정 없이 누군가의 설명만 들으며 여행하면 행복할까?'

아무리 편하더라도 나는 그렇게 하고 싶지 않다. 내가 선택할 수 있어야 한다. 흘러가는 대로 맡기고 산다는 것은 결과를 떠나 진짜 내 인생이 될 수 없다. 생각하면서 살고 싶다. 아쉬운 결과로 끝날 수도 있고, 힘든 여정이 될 수도 있다. 하지만 하고 싶은 일을 위해 견디는 힘을 배우고, 가치 있는 일을 더욱 풍성하게 느끼는 사람이 되고 싶다. 깊고 충만해지는 삶, 사색이 있는 삶을 추구하고 싶다.

꿈꾸는 인생에 대한 갈증이 있다면, 지금 머뭇거리고 있다면, 우선 깊은 사색과 마주하기를 바란다. 걷기도 좋고, 명상도 좋다. 잊고 있었던 자신과 진지하게 마주 앉아 깊은 대화를 나눠보자. 지금 이대로 괜찮은지, 아니면 변화가 필요한지 본질적인 질문과 진지한 대답을 통해 인생의 차이를 만들어 보자.

대구 월드컵경기장 주변
나의 걷기의 목적은 사색에 있다.
일상 속에 '일시 멈춤'의 시간을 갖는 것이다.

지금부터 성공하기 위해서는

서른 무렵, 한창 유명했던 최영미 시인의 「서른 잔치는 끝났다」를 읽고, 김광석의 「서른 즈음에」를 부르고 다녔다. 군대를 제대하고, 대학도 졸업하고, 결혼까지 했으니(그때는 다들 서른 전에 결혼을 했다.) 인생의 후반전이 시작되었다고 굳게 믿었다. 마흔이 되기 전에 뭔가를 이루어보리라 다짐했다. 하지만 마흔, 크게 달라진 것은 없었다. '열심히 해서 끝을 봐야지.'라고 생각했지만 쉰을 넘기니, 마흔은 청년 중에도 '새파란 청년'으로 보인다. 이러다가 예순이 되면 120세 인생을 노래하며 이제부터 진정한 후반전이 시작된다고 생각할 것이 틀림없다.

단순히 나이로 후반전을 정의하기는 어렵다. 지금까지와 다르게 살아야겠다고 마음먹고 그때부터 새롭게 시작하는 게 중요하다. 과거의 시간을 복기하여 앞으로 어떻게 살아보겠다고 기준을 세우는 것이 더 유의미하다. 30대, 40대, 50대 이렇게 세 번의 시기를 어떻게 맞이했던가? 지나고 보니 준비보다 걱정만 하다가 끝난 것이 많았다. 관찰하고, 궁리하고, 발로 뛰는 노력이 아니라 그냥 고민만 가득했었다. 또 실행에 옮겼지만 쉽게 포기하는 일이 많았다. 어떻게 하면 조금 다른 삶을 살 수 있을까. 어떻게 하면 성공적인 삶을 살 수 있을까. 깊은 사색 끝에 세 가지 결론에 도달했다.

첫 번째, 간절함이 필요하다. 지금까지 간절함을 잃어버리고 살았던 것 같다. 이 정도면 됐다고 생각했고, 무슨 일이든 경쟁하기보다는 양보하는 것이 미덕인 양 여겼다. 사람 좋다는 얘기를 항상 들었고, 우리(나 자신과 가족, 나와 연결된 조직과 단체 등)가 먼저 양보해야 한다고 생각했다. 기준 없이 살았고, 자아의 경계가 모호해지면서 나이로는 벌써 어른이지만 이도 저도 아닌 무효표만 던지는 삶을 살아가는 모양새였다. 간절함이 없으니 결과에 대한 기대감도 낮았다.

얼마 전 가수 이은미 씨가 방송에 나온 걸 봤다. “MBC 트로트 민족”에서 심사위원을 맡고 있었다. 요즘은 어느 채널에서나 트로트를 들을 수 있고 지겹도록 비슷한 포맷의 방송이 넘쳐나고 있어 즐겨보지는 않지만, 가수 이은미 씨가 심사를 맡고 있다고 하니 호기심이 들었다. 평소 노래 외에는 다른 쪽으로 눈도 돌릴 것 같지 않은 이미지였기 때문이다. ‘더블레스’라는 팀의 노래 ‘여로’를 듣고 냉정하기로 소문난(아내의 의견이다.) 이은미 심사위원이 눈물을 흘렸다.

“이들의 노래에서 간절함이 느껴졌다.”

간절함이 통하는 순간이었다.

두 번째, 강한 내적 동기가 필요하다. 옛날 어른들은 하고 싶다고 다 할 수 있는 것은 아니라고 했다. 하지만 나는 다 해 보고 싶었다. 형편만 허락한다면 말이다. 그러다 보면 진짜 하고 싶은 것을 만날 수 있을 것으로 생각했다. 물론 이건 희망 사항이다. 실상은 그렇게 살지 못했다. 아무리 하고 싶은 것이었더라도 책임은 스스로 짊어져야 한다는 생각에 마음대로 하지 못했다. '하고 싶다가 아니라 해야만 한다'가 필요하다. 가슴에 사무쳐야 한다. 집념이 필요하다. 결과에 대해 온갖 핑계를 대는 것은 곤란하다. 같은 실수를 두 번, 세 번 반복하면서도 원인을 눈치채지 못하는 것과 같다. 작은 일에서부터 성취하는 기쁨을 맛보는 방식으로 내적 동기와 결과를 연결시키는 경험이 필요하다.

마지막으로 미련을 버려야 한다. 이전의 것은 과감하게 정리하자. 지금까지의 경험이나 정보만을 믿고 한계 짓지 말아야 한다. 새로운 결단에는 새로운 방법이 필요하다. 다이어트를 한다면서 달콤한 디저트를 포기하지 못하면 안 된다. 양다리를 걸치는 것은 욕심이며 실패의 지름길이다.

최근 은퇴하고 귀농을 시작한 지인이 있다. 금융회사에 있었으니 급여도 많았고 명예퇴직 수당에 퇴직금까지 상당한 자금을 가지고 나왔다. 나오기 전에는 무조건 6개월은 쉬겠다고 했지만(실업급여를 받을 수 있어서) 2주 쉬고 곧바로 여기저기 알아보러 다녔다. 마음을 너무 급하게 먹지 말자. 여유부터 되찾아오자. 이제 시작이니 성공이나 실패를 따지지 말고 인생 후반전을 성공적으로 마치기 위해 진정한 행복은 어디에서 오는지 점검해보자. 우리는 성공하고 싶다는 말을 자주, 쉽게 얘기한다. 어쩌면 성공의 진짜 의미가 무엇인지부터 먼저 생각해야 할지도 모르겠다.

나는 다 해 보고 싶었다.
그러다 보면 진짜 하고 싶은 것을 만날 수 있을 것으로 생각했다.

몇 살로
살고 있으세요?

'파우자 싱 할아버지'와 '모지스 할머니'를 소개해주고 싶다.

인도 펀자브에서 평범한 농부로 살아가던 '파우자 싱 할아버지'는 할머니가 돌아가신 후 늘 할머니 사진을 보고 지난날을 회상하며 우울한 나날을 보내고 있었습니다. 어느 날 할아버지는 할머니를 그리워하며 공원 벤치에 앉아 눈물을 흘리고 있는데 젊은이들이 마라톤을 하는 모습이 눈에 들어왔습니다. 다음 날부터 할아버지는 뛰기 시작했습니다.

89세부터 본격적으로 연습해 2000년 런던 마라톤 대회에서 6시간 54분의 기록으로 데뷔를 합니다. 92세 때엔 토론토 마라톤에서 5시간 40분으로 90대 세계기록을 세우기도 합니다. 100세에 다시 한번 풀코스를 완주했고, 103세에 홍콩 마라톤을 끝으로 은퇴를 했습니다. '불가능, 그것은 아무것도 아니다. (Impossible Is Nothing)'라는 아디다스 광고 모델로 발탁되기도 했습니다.

할아버지는 "바꿀 수 없는 것에 연연하지 말고 주어진 것에 감사하라."라고 말합니다.

–「가슴이 시키는 일」 중에서

1860년에 태어난 그녀는 12세부터 15년 동안 가정부 일을 하다 남편을 만난 후 버지니아에서 농장 일을 시작했습니다. 76세에 지금까지 한 번도 배운 적이 없는 늦은 나이에 그림을 그리기 시작했습니다.

88세에 '올해의 젊은 여성'으로 선정되었고, 93세에는 <타임>지 표지를 장식했으며, 100번째 생일은 '모지스 할머니의 날'로 지정되었습니다. 존 F. 케네디 대통령은 그녀를 '미국인의 삶에서 가장 사랑받는 인물'로 칭했습니다. 76

세부터 101세의 나이로 세상을 떠나기 직전까지 왕성하게 활동하며 1,600여 점의 작품을 남겼습니다.

할머니는 이렇게 말했습니다.

"사람들은 내게 이미 늦었다고 말하곤 했어요. 하지만 지금이 가장 고마워해야 할 시간이라고 생각해요. 무엇인가를 진정으로 꿈꾸는 사람에겐 바로 지금, 이 순간이 가장 젊은 때이거든요. 시작하기 딱 좋은 때 말이에요."

–「인생에서 너무 늦은 때란 없습니다」 중에서

2020년 한해가 끝나는 마지막 날이다. 의미 있는 해이기도 했지만, 의지대로 할 수 없었던 시간이기도 했다. 유독 하고 싶은 것이 많았다. 할 수 없는 것이 많았기에 더욱 간절했는지도 모르겠다. 복잡한 마음과 상관없이 첫눈이 내리고, 12월은 그렇게 지나갔다. 여행책을 쓰기 시작했는데 답사를 갈 수 없어 진도가 나가지 않은 것은 안타까운 일이다. 하지만 그 덕에 새로운 길을 발견하고 꿈꿀 수 있었다. 또 다른 문이 열리는 것을 경험하는 순간이었다.

누구나 자신이 원하는 나이로 살 수 있을지도 모른다. 딱 좋은 시기가 있다고 말하지만, 그것은 우리 인생에 한계가 있다고 단정하는 것일 수 있다. 결혼 적령기라든지 취업 적정 연령, 운동이나 무엇을 배우기에 적당한 나이라는 건 애초에 없다. 결정은 숫자로 정하는 것이 아니라 자신이 맡은 역할로 정해지기 때문이다. 어쩌면 선택하기 전부터 선을 그었던 것은 아닌지 의심해 본다. 청년 같은 노인이 있고, 노인 같은 청년도 있다. 누구든지 자기 삶의 시간대는 자신의 의지로 정할 수 있다고 생각한다. 100년 넘게 살았다는 사실보다 그 세월 동안 어떤 흔적을 남겼는지, 어떤 마음으로 살아왔는지에 우리의 가슴이 반응한다.

"몇 살이세요?"
이제부터라도 정확하게 질문해야 한다.

"몇 살로 살고 있으세요?"

2020년 한해가 끝나는 마지막 날이다.
복잡한 마음과 상관없이 첫눈이 내리고, 12월은 그렇게 지나갔다.

나?

요즘 글쓰고 있어

토). 화단에 물을 주다 문득, 맹그로브의 노란 잎이 생각났다.
나는 푸르다 못해 청푸른 잎이 아닐까 라는 생각을 했다.
일). 이기지도 못할 싸움을 시작했다. 혼자 삐쳐 동네 산책을
나왔다. 아무 일 없었다는 듯 쓱 들어가자니 명분이 없다.
월). 늘 먹던 밥은 그대로인데 입맛이 없는 걸 보니 내가 문제
인가 보다.
화). 어니스트 헤밍웨이의 '걸레 같다는 초고'를 읽어보고 싶다.
(그 말을 믿으라고?)
수). 오늘도 '한 줄'을 써야 하지만 쓸 게 없다. 아니 쓰고 싶은
게 없다.
목). 갑자기 더워졌다. 봄이 아쉽지만, 여름도 설렌다.

금). 밤이 어두워질수록 생각은 환해진다.

'하루에 한 줄씩 일주일 동안 일곱 줄 쓰기'

일주일 동안 별 고민하지 않고 생각나는 대로 하루 한 줄씩 글을 써 봤다. 별로 부담스럽지 않았다. 고민 없이 쓸 수 있었다. 이런 마음으로 시작하면 글쓰기가 마냥 어렵지 않을 것 같다. 첫 줄을 쓰면 다음부터는 어찌어찌 이어나갈 수 있다. 책상에 앉으면 첫 줄을 어떻게 시작해야 할지가 가장 큰 고민이기 때문이다.

'오늘은 좋은 날이었다.'로 일기를 시작하는 분이 있다. 어떤 하루를 보내더라도 첫 줄이 이미 정해져 있으니 거기서부터 쓰다 보면 정말 좋은 하루로 인식된다는 것이다. 힘든 일이 있었지만, 결국엔 이런저런 좋은 영향을 받았다거나 이만하길 천만다행이었다고, 어쨌든 '오늘은 좋은 날'로 마무리가 된다고 하셨다. 훌륭한 습관이고 지혜로운 삶의 방식이다.

나는 일기를 써 본 적이 없다. 기껏해야 중학교 시절 펜

팔이 글쓰기 경험의 전부였다. 다행히 편지를 주고받던 시절에 청춘을 보냈기에 그때의 경험이 조금 도움이 되지 않았나 생각할 뿐이다. 그런 나도 글쓰기를 하고 있다. 즉 누구라도 시작할 수 있다는 얘기이다. 매일 글을 쓰면 좋겠다. 형식에 매이지 않고 자유롭고 솔직한 글을 써 내려갔으면 좋겠다. 그것이 쌓이면 삶에 보이지 않는 변화가 생겨난다는 것을 알고 있기 때문이다.

기록한다는 것은 단지 있었던 일을 정리하는 의미를 넘어 앞으로의 일들을 설계한다는 의미를 포함하고 있다. 기록을 통해서 스스로 인생을 디자인할 수 있다. 명함에 '기록디자이너'라는 타이틀을 붙인 분도 있다. 컴퓨터가 아니어도 좋고, 책장에 꽂혀 있는 지나간 다이어리나 스프링 노트도 좋다. 특별한 일이 없었더라도 좋고, 하루가 무의미하다고 생각되는 날도 좋다. 일단 노트를 펴서 하루를 정리해 보는 것만으로도 변화가 생기고, 또 정말 쓸 말이 떠오르지 않는 날이라면 '오늘은 너무 심심했다.'로 시작해도 좋다. 무심히 지나쳤던 하루가 '의미 있는 일상'이 될 것이다.

글을 쓰게 되면 생각의 밀도가 높아지고, 덩달아 생활의 방식이 달라진다. 촘촘하게 하루를 살게 되고 세월이 나도 모르게 휙 지나가는 것을 막을 수 있다. 하루를 잠시 돌아보는 것만으로도 삶이 적극적으로 바뀌는 경험을 하게 된다. 글쓰기, 글을 못 쓰는 것은 쓰지 않아서 그렇다고 했다. 누구라도 시작하기만 한다면 쓸 수 있다.

〈하루 한 줄 쓰기에 대한 짧은 설명〉

토). '맹그로브의 노란 잎'

이곳의 맹그로브 나무는 청정한 계곡에서 자랐는데 여러 자연재해로 여기까지 떠밀려왔다고 한다. 짠 바닷물이 위협의 대상일 뿐 아니라 강물이 실어다 주는 고운 흙이 단단하지 않아 웬만한 푸나무는 버티지 못하는데 용케도 견뎌낸다.

풍성한 푸른 잎 사이로 쌀의 뉘처럼 듬성듬성 섞여 있는 노란 잎이 돋보인다. 단풍 같기도 하지만 원래 푸른 잎이 나무를 살리려고 바닷물의 소금기를 빨아들여 빛깔을 잃은 것이라고 한다. 자연히 소금을 삼키는 양과 노란색의 강도는 비례 된다.

본래의 색을 잃으면서까지 전체를 살리는 노란 잎에 조국을 지키기 위해 숭고하게 나섰던 의인들을 떠올린다. 소금을 제 몸에 더는 쟁이지 못하게 되면 슬며시 떨어져 스스로 자취를 감추는 것이 노란 잎의 삶이다.

– '맹그로브의 노란 잎' 중에서 / 채정순

화). 「어니스트 헤밍웨이의 '걸레 같은 초고'」에 담긴 의미

완벽한 초고는 존재하지 않는다. 하지만 사람들은 완벽한 초고를 꿈꾸며 글을 쓴다.

헤밍웨이는 "모든 초고는 걸레다."라는 유명한 말을 남겼다. 세기의 명작이라 칭송받는 《노인과 바다》도 작품이 완성되기까지 400번의 퇴고를 거쳤다고 한다.

SALIMBEN
POW

자서전,
말하듯이 쓰기

업무상 건축설계사를 만나는 일이 많았는데 그중에 기억에 남는 설계사가 있다. 처음 몇 번은 건축에 관한 얘기를 듣느라 시간 가는 줄 몰랐다. 미국에서 건축 공부했던 얘기, 일본 건축에 대한 해설, 현대 건축과 미래 건축에 대한 방향 등을 끝도 없이 쏟아냈다. 열정도 대단하고 얘기도 재밌었다. 하지만 얼마 지나지 않아 알게 되었다. 딱 정해진 레퍼토리가 있다는 사실을. 그 얘기를 얼마나 많이 했는지 글자 하나 틀리지 않고 반복하고 있었다. 물론 지난 과거이니 달라질 것도 없었을 것이다. 평상시 조용하고 약간은 소심한 성격인 그가 어떻게 저렇게 열정적으로 얘기를 하나 생각했는데 해답은 반복에 있음을 알게 되었다. 오랜 시간 자신의 건축 철학을 여기저기서 말하다 보니 저절로 정리되고, 듣는 사람들의 반응에 따라 재밌게 각색되어 하나의 완성된 스토리가 탄생한 것이다.

나도 글 쓰는 것보다 말하기를 좋아한다. 나뿐 아니라 대부분이 그럴 것이다. 말은 글보다 쉽다. 특별히 정리하지 않아도 되고 실수를 하더라도 곧 잊힌다. 같은 이야기를 여러 번 하다 보면 요령이 생기고 점점 더 실감 나게 잘 할 수 있다. 군대 얘기며 다들 하나쯤은 있을 법한 고등학교 때 전설 같은 얘기는 얼마나 많이 했는지 한 편의 영화처럼 영상으로 저장되어 있다. 듣는 사람보다 내가 더 흥분해서 얘기하게 된다.

글로 잘 표현하는 사람이 있고 말로 잘 풀어내는 사람이 있다고 한다. 하지만 그건 사실이 아닐 수 있다. 정확하게는 말을 잘하는 사람이 글을 잘 쓰고, 글을 잘 쓰는 사람이 말을 잘한다. 잘한다고 느끼지 못하는 이유는 훈련이 안 되어 있어서다. 조금만 노력을 기울이면 충분히 잘 해낼 수 있다. 반복의 힘은 말과 글이 다르지 않다. 말과 글 중 어느 것에 집중해도 상관없지만, 한쪽을 잘하게 되면 동시에 다른 쪽도 잘할 수 있다.

「꾸준하게 실수한 것 같아」의 초고를 쓰는데 두 달이 채 걸리지 않았다. 그동안 계속해서 얘기하고 다닌 내용이었기 때문이다. 사무실 친한 동료는 책을 읽고 나서 "다 들었던 내용이던데요."라고 말할 정도였다. 잘할 수 있는 것부터 쓰면 된다. 글쓰기가 부담스러운 건 당연하다. 말은 실수가 있어도 웬만하면 넘길 수 있다. 하지만 글은 그렇지 못하다. 기록으로 남는다. 책임에 대한 두려움이 크다. 가벼운 얘기부터 도전해 보자. 예를 들어 나에 관한 이야기, 자서전을 쓰는 것이다. 묵혀 두었던 자기만의 이야기를 친구에게 말하듯 편하게 풀어내자.

일단 시작하고 나면 살이 붙어 모양을 갖추게 된다. 시작이 반이다. 자서전은 자신의 삶을 소재로 하는 '삶에 관한 솔직한 이야기'이다. 분량에 어떠한 제약도 없고, 이야기의 방식도 자유롭다. 자서전은 죽을 때 쓰는 게 아니다. 죽을 때는 죽기도 바쁘지 않을까? 자서전 따위를 쓸 시간이 있을 리가 없다. 지나간 시간을 기록한다는 것은 고쳐쓰기를 하고 싶은 마음에서다. 일기를 쓰는 것도, 후기를 남기는 것도 '이번에는 이랬지만 다음에는…' 이라는 바람이 있기 때문이다.

기록은 기억과는 완전히 다른 힘이 있다. 기억은 과장되고 왜곡될 가능성이 있지만, 기록은 냉정하다. 시간이 아무리 지나도 변함이 없다. 말하듯이 나의 이야기를 남겨보자. 한 번만 쓸 것이 아니라 인생의 중요한 순간마다 기록으로 남겨보자. 평범한 일상이 특별한 스토리로 남게 될 것이다.

반복의 힘은 말과 글이 다르지 않다.

취미가 있습니까

<노는 언니>라는 TV 프로그램이 있다. 전, 현직 스포츠 스타들이 나와 정말 제목 그대로 '노는' 예능 프로그램이다.

채널을 돌리다 잠깐씩 보긴 했지만 별 관심이 없었다. 그러다 탁구 배우는 걸 우연히 보게 되었다. 출연자 중 탁구 선수가 나서서 기본자세부터 가르쳐 주고 서로 시합도 했다. 물론 예능 프로라 재미 위주로 편집이 되었겠지만 그걸 보면서 '자기 종목에서는 세계적인 선수들인데 어쩌면 저렇게 탁구에 대해서 전혀 모를 수가 있지?' 하는 생각이 들었다. 아마 어릴 적부터 한 가지 운동에 집중해서 다른 걸 해 본 적이 없었을 것이다.

우리 세대도 비슷하게 지낸 것 같다. 한 우물만 파는 걸 당연하게 생각하며 살았다. 직장을 옮긴다는 것은 뭔가 문제가 있는 것처럼 여겨졌고, 스스로도 당당하지 못했다. "요새 다른 거 한다면서?"라는 말은 질책처럼 들렸고, "이제 자리 잡아야지."라는 의미로 받아들여졌다. '한 우물만' 파는 것을 당연하게 여기던 시대를 살았다. 이러한 시대를 지나온 사람들이 은퇴를 맞이하면서 방향을 잃어버리는 경우를 종종 보게 된다. 근무하던 사무실에서는 세상 모르는 게 없던 사람처럼 보였는데 갑자기 분별력이 흐려지고 체력도 급격히 떨어진다. 급기야 자신감마저 사라진다. 거기에 남아도는 시간을 어떻게 해야 할지 몰라 답답해한다.

어떻게 하면 무너진 자아를 회복하고 건강한 중년이 될 수 있을지에 대해 고민해 본다. 사실 은퇴하고 이것저것 시작해 보지만 막막하다. 이럴 때는 '이거 해서 돈이 되겠나?'라는 생각은 접어두고 취미를 가져보라고 얘기해주고 싶다. 물론 은퇴 전에 미리 준비하면 더 좋다. 이후의 삶이 한층 더 활기차질 것이다. 은퇴 후는 생각하는 것보다 세월이 길고 시간도 더디게 간다. 아직 뭘 하고 싶은지 구체적으로 모르겠다면 우선 스스로에 대해 집중하는 시간을 가져보자.

얼마 전부터 피아노를 배우고 있다. 첫발을 내딛기가 두렵지, 그다음부터는 할 만하다. 동네 피아노 학원에서는 받아주지 않아 입시를 전문으로 하는 실용음악학원으로 갔다. 프로처럼 보이는 고등학생들 사이에서 기초교육을 받는다는 것은 그리 신나는 일이 아니었다. 집에 와서도 잠깐씩 연습하는데 처음엔 너무 힘들어서 포기하고 싶었다. 그러던 어느 날 갑자기 코드가 익숙해지기 시작했다. 지금은 C 코드로 시작하는 노래는 어느 정도 칠 수 있게 되었다. 다음 주부터 전주 넣는 법을 배운다.

아직 양손으로 반주까지 넣기는 힘들다. 선생님은 한 줄씩만이라도 익숙해지도록 연습해서 오라고 했지만, 엄두가 안 난다. 그렇지만 목표가 있다. 기념일에 아내를 위해 멋지게 피아노를 연주하면서 노래를 불러 주는 것이다. 그런 모습을 상상하면 벌써부터 기분이 좋아진다.

무슨 일이든 즐기기 위해서는 기본적인 훈련을 거쳐야

한다. 그것은 생각보다 어렵고 또 지친다. 하지만 기초를 익히기 위해 꾸준히 연습하고 노력하면 끈기가 생기고 힘이 생긴다. 단조롭고 지겨운 그 시간을 견뎌내야 한다. 그러면 제대로 즐길 수 있는 날이 올 것이다. 시간을 보내기 위한 취미를 넘어서 남은 인생을 향한 투자라는 생각으로 취미를 가져보자.

단지 취미 하나를 가졌을 뿐인데 거기에 의미를 부여하면 단순한 취미로 끝나지 않는다. 생기가 돌고 자존감이 올라간다. 새로운 도전 앞에 서는 것이 조금 만만해진다. 중년이 되면 마음은 급한 데 반해 시간은 많다. 일단은 남은 인생을 위한(자신이 아직 젊다고 생각하든 중년을 넘겼다고 느끼든 간에) 행복한 취미를 가지길 바란다. 치열하게 살았던 만큼 우리에겐 노후에 더 행복해질 권리가 있다.

/

"시작하는 것만 잊지 않는다면

언제든지 젊음을 유지할 수 있다."

- 독일의 철학자 마르틴 부버 -

무슨 일이든 즐기기 위해서는 기본적인 훈련을 거쳐야 한다.
그것은 생각보다 어렵고 또 지친다.

입사지원서,
인생 지원서

프롤로그에 '열 장이 넘는 명함을 갈아치웠다.'라고 해서 구체적으로 한 번 헤아려봤다. 무역회사 두 곳, 유통회사, 보험회사(아내를 만난 고마운 회사다), 홍보회사, 물류 회사, 주택건축회사, 일본어학원 강사, 여러 가지 장사로는 커피숍, 신발 가게, 옷 가게, 빵 가게(어머니는 "대학 나와서 빵쟁이가 뭐꼬?"라고 하셨다), 그리고 또 곰곰이 생각해 보면 몇 가지 더 있을 것 같다. 명함은 여러 개를 가지게 되었지만 일을 대하는 태도는 한 가지다. 그래서 여러 일을 한 것은 맞지만 전혀 다른 일을 한 것은 아니라고 말한다. 또 앞으로도 다른 직업을 가질 수는 있겠지만 이 또한 완전히 다른 분야는 아니라고 얘기할 작정이다.

기본적으로 일은 재미있어야 한다. 일이 지겨우면 얼마나 긴 세월을 '견뎌야' 하는가. 그것만큼 고되고 의미 없는 것이 있을까. 또 아무에게도 유익하지 않은 일을 하느라 세월을 보낸다면 그것 또한 시간 낭비라고 생각한다. 지속 가능한 일을 하게 되면 자신뿐 아니라 주변에도 좋은 영향을 끼칠 기회가 많아진다. 재밌고 유익하면서 오랫동안 할 수 있는 사업이 따로 있는 게 아니다. 지금 하는 일을 잘 살펴보고, 생각의 폭을 조금만 확장시켜도 충분히 가능하다.

취직 준비를 하면서 입사지원서를 내고 면접까지 가지 못한 적이 없었다. 한번은 서류전형에서 떨어진 후 곧바로 서울 본사로 찾아간 적이 있었다. 담당자를 만나 기어코 통과시켰다. 원서접수도 우편으로 하지 않고 가능하면 말끔하게 차려입고 직접 가져갔다. 그러면 대개 예의상이라도 몇 가지 물어보기 마련이다. 그러다 눈에 띄면 웬만하면 서류는 통과된다. 자기소개서를 쓰는 노하우도 있었다. 당시만 해도 다들 비슷한 내용을 적었다. '산 좋고 물 맑은 청도에서 태어나 엄하신 아버님과 인자하신 어머님의...'이런 식이었다. 나는 일단 가족사진과 친구들과 함께 찍은 동아리 활동사진을 몇 장 붙였다. 그리고 짧지만 재치 있는 문구로 설명을 넣었다. 수많은 자기소개서를 지루하게 읽던 사람이 이걸 보면서 얼마나 신선하게 여길지 상상해 보라.

2019년도의 올해의 이슈와 트렌드(매일경제)에서 '업세이'라는 용어를 주목했다. '직업 에세이'의 줄임말이다. '브런치'나 '블로그' 같은 다양한 플랫폼이 늘어나면서 전문 작가가 아니어도 누구나 자신의 관점에서 사적인 삶의 모습을 기록하고 공감할 수 있게 되었다. 그것이 직업 에세이 성장의 배경이 되었다고 한다.

입사지원서는 아니지만 지금도 글을 쓴다. 카톡이나 메일도 되도록 문장을 길게 쓰고, 쓴 글을 밴드나 블로그에도 올리고 있다. 여기에 노력을 조금만 더 보태면 책이 될 수도 있다. 다양한 자신의 경험을 바탕으로 나누고 싶은 걸 기록해 보자. 내게는 하찮아 보일지 모르는 내용이 다른 이에게 유익한 정보가 될 수 있다. 대단한 지식이 아니라도 좋다. 넓고 얇은 지식이 먹히는 시대를 살고 있지 않나.

중년, 새로운 지원서를 앞에 두고 있다. 운동을 하고 악기를 배우고 책을 읽는다. 글을 쓰고 나아가 책을 쓰고 있다. 다시 스펙을 쌓는 중이다. 책은 특별한 사람만의 것이 아니다. 자신의 경험을 섬세하게 들여다보고 세분화해 관찰한다면 누구나 '업세이'를 쓸 수 있다. 잘 쓰는 것은 다음 문제다. 첫 번째 입사지원서를 쓰는 심정으로 인생 지원서를 작성해 보자. 남들 다 하는 똑같은 방법이 아니라 자신만의 이야기를 만들어 보자. 명함을 바꾸라는 얘기가 아니다. 살던 대로 살기에는, 남은 인생은 길고 내 속에 숨겨진 열정은 뜨겁다. 그렇지 않은가?

/

"세상에는 아무것도 하지 않는 까닭에

실수도 전혀 하지 않는 사람이 있다."

- 괴테 -

앞으로도 다른 직업을 가질 수는 있겠지만
이 또한 완전히 다른 분야는 아니라고 얘기할 작정이다.

꾸준하게
실수한 것 같아

오십이 되어 위암 진단을 받고 글을 쓰기 시작한 선생님이 있다. 평소에 글을 쓴 적도, 글을 쓰겠다는 생각도 없던 사람이 병상에서 시작했다고 한다. 그의 글에는 꾸밈이 없다. 절망 속에서 자신의 고통을 토해내고 그 안에서 간절한 희망을 찾는 노력이 글 속에 그대로 깃들여 있다. 그에 비해 나는 우연히 글을 쓰게 되었다. 윤슬 작가님의 기록디자이너 7기 수업을 들으면서였다. 공저 쓰기 프로젝트로 첫 번째 책을 쓰고 계속해서 '글 쓰는 인생'을 이어가고 있다. 이렇게 순조롭게 흘러가도 되나 싶은 마음이 들 때도 있다. 앞에 말한 선생님처럼 육체적으로나 정신적으로 극한에 치닫지 않고서도 글을 쓰기 시작한 것이다. 행운이라고 생각한다.

성경에 "은혜를 더하게 하려고 죄에 거하겠느냐?"라는 말이 있다. 용서받았을 때의 감격을 더 크게 느끼기 위해 더 큰 죄를 지을 수는 없지 않느냐라는 의미다. 깊은 감정을 끌어내기 위해 삶을 어려움에 몰아넣을 것인가. 그럴 수는 없다. 가끔은 노력으로 넘을 수 없는 타고난 재능을 부러워하고 타인의 그러한 능력에 절망하기도 한다. 쓰고 지우고를 반복할수록 가로막힌 산이 더 높아 보인다. 첫발을 떼면서 벌써 어찌해야 하나 한숨이 늘어난다. 하지만 멈추지 않고 계속 쓰려고 노력하고 있다.

첫 번째 책이 나오고 얼마 지나지 않아 출판사로부터 2쇄에 들어간다는 소식을 들었다. 책이 출간될 때와 같이 기쁨과 동시에 두려움을 느꼈다. 꿈같은 일이 꿈처럼 다가온 것이다. 그럴 리가 없을 텐데 하는 생각이 들었다. 너무 좋은 일은 왠지 칼날이 숨겨져 있지 않나 하는 의심을 하게 한다. 그러면서 돌아보았다. 윤슬 작가와의 첫 만남에서 받았던 "왜 글을 쓰려고 하십니까?"라는 물음 앞에 다시 선다. 단지 '멋있게 보이고 싶어서'일지도 모르겠다. 아마 그랬을 것이다. 어떻게 답을 했든 간에 그럴 것이다.

두 번째 질문이 이어졌다.

"계속 쓰실 건가요?"

그러고 싶다고 얘기했지만 불안함과 조급함이 앞선다. 첫 번째 책에서 이미 처음이라 쓸 수 있는 카드는 소진되었고, 다정했던 지인들도 본래의 독자로 돌아와 냉정하고 뾰족한 눈으로 내 글을, 내 삶을 헤집을 것이다. 벌거벗은 채로 세상 앞에 서서 '어떻게 계속 쓸 건가'를 생각해야 한다. 새벽에 갑자기 깨어 답도 없는 고민에 휩싸여 밤과 씨름하고 있다. 결론 없는 고민 속에서 솔리테어(혼자서 하는 카드놀이)에서 속임수를 쓰는 것처럼 '잘 될 거야.'라고 자신을 속이고 급하게 생각을 정리한다.

지금 두 번째 책을 쓰고 있다. 두 번째 비상을 어떻게 할 것인가 고민하고 있다. 꾸준하게 실수한 것 같다고 고백했지만, 여전히 실수는 반복되고 있다. 이전의 습관과 가치관을 다시 점검하고 전혀 다른 시작을 선포해 본다. 분명 헤매겠지만 그래도 우두커니 세월을 보내고 있을 수만은 없다.

중년은 약한 척하기 힘든 인생이다. 모든 것을 짊어지고 스스로 감당해야 했던 시절을 지났다. 세상은 이제 예전 같지 않고 변화가 어색하고 두렵다. 그렇다고 이대로 그냥 살 수도 없다. 무언가를 시작하기 원한다면, 그런 생각이 들었을 때가 가장 적당한 때라고 생각한다. 꾸준하게 실수하더라도 시도하는 것에서 행복하고 신나는 인생을 만들 수 있으리라 믿는다.

'그래, 머뭇거리지 않기로 했지!'

'어떻게든 되겠지!'

'일단, 직진이다!'

/

"세상일이 생각대로 되지 않는 건 근사한 일이라고.

왜냐면 생각지도 못 한 일이 일어나기 때문이야."

- 루시 모드 몽고메리 -

일본 이바라기현 출장지
새벽에 갑자기 깨어 답도 없는 고민에 휩싸여 밤과 씨름하고 있다.

변비에도
루틴(Routine)이 필요하다

“변비 때문에 고생입니다. 비데가 없으면 시도도 못 해요.”

아내가 건강검진을 받았다. 검사를 모두 마치고 의사와 상담을 하면서 고민을 털어놓았다. 의사는 확실한 방법을 알려 주었다.

“매일 똑같은 시간에 화장실에 가서 앉으세요.”

“매일 가다 보면 우리 뇌가 인식을 하고, ‘아… 또 왔구나. 얼른 내보내 버리고 말아야겠다’라고 생각하게 됩니다.”

“매일 똑같은 시간에”

“매일 가다 보면…”

강원국 작가의 세바시(세상을 바꾸는 시간 15분) 강연이 생각났다.

"이십몇 일을 계속 글 쓰는 걸 시도를 했는데 한 꼭지도 제대로 못 썼어요. 근데 그 이십몇 일 동안 계속했던 일이 있어요. 아침에 일어나면 산책을 하고, 돌아오는 길에 아메리카노 커피를 하나 사서 집에 와 샤워를 하거나 머리를 감고 책상에 앉아서 글 쓰는 걸 계속 시도했어요.
그런데 놀랍게도 한 이십몇 일이 지난 시점에 글이 봇물 터지듯이 써지는 거예요.
'아, 이 친구 내가 그렇게 저항을 하는데도 계속 시도를 하네!'
'언제까지 내가 이걸 해야 돼? 차라리 도와주고 끝내자.'
이렇게 마음을 바꿔 먹어요.
산책을 제가 나가잖아요. 나가면, 뇌가 '아, 글 쓰려나 보다.' 이렇게 생각해요. 그러면서 한편으로는 '그래도 안 쓰면 좋겠다.' 그리고 돌아오는 길에 아메리카노 커피를 딱 사잖아요. '아, 정말 쓰는구나, 빼도 박도 못하겠구나!'
그렇게 생각하면서 체념해요. 그리고 저항하는 뇌가 도와주는 뇌로 바뀝니다.

제가 산책하고 커피를 마시듯 그걸 운동선수는 '루틴(Routine)'이라 그래요."

살아가면서 꼭 필요한 '핵심습관'을 얘기할 때 흔히 운동하기, 글쓰기, 책 읽기를 말한다. 그중에 가장 힘든 것이 바로 글쓰기가 아닐까 싶다. 오전에는 컴퓨터 앞에 앉아 있다. 잠깐 책을 읽고 그 에너지로 온도를 좀 올린 다음에 글을 쓴다. 아니, 쓰려고 노력한다. 아직은 내 뇌가 변곡점을 지나지 않았는지 무지하게 저항하고 있다. 잘 쓰겠다는 생각을 버리고, 일단 쓰려고 한다. 그것밖에는 달리 방법이 없다.

평소 사소한 아이디어라도 떠오르면 일단 메모해둔다. 그리고 노트북에 새 문서를 열어 적어 둔 글을 옮기고 제목을 붙인다. 바탕화면에 이런 문서파일이 가득하다. 가끔 열어 글을 추가해 나간다. 습관이 되면 날아가는 생각을 놓치지 않고 잡아둘 수 있다. 매일 아침 한 번씩 열어보는 것만으로 생활 속 글쓰기를 실천할 수 있다.

첫 번째 책이 출간되고 나서 방법이 조금 보이기 시작했다. 일단 예전보다 독서를 치열하게 하게 되었다. 대충 읽는 것이 아니라 줄도 긋고 메모도 하면서 한 권의 책을 온전히 내 것으로 만들려고 애쓰고 있다. 같은 주제의 책을 여러 권 연달아 읽으면서 어설프게라도 맞장구칠 수 있기 위해 노력하고 있다.

글쓰기는 책 읽기와는 다른 근육이 필요하다. 늘 첫 줄이 어렵고, 한 꼭지에 여러 개의 주제가 섞이기도 한다. 무슨 말을 하는 건지 헷갈릴 때도 있고, 어디서 들은 지식인지 아니면 내 머리에서 나온 것인지조차 분간이 안 될 때도 있다. 그럼에도 작은 실천과 반복이 나를 변화시킬 것이라 믿고 노력을 거듭하고 있다. 살다 보면 결국 모든 일이 글쓰기와 연관이 있다. 대단한 일뿐만 아니라 사소한 문자 메시지 하나 보내는 것도 글쓰기가 바탕이 되어야 잘 표현하고 정확하게 전달할 수 있다. 그렇다면 지레 포기하기보다 힘들더라도 어떻게든 훈련을 해야 하지 않을까 생각한다.

신천대로. 매일 '책나무'가는 길에.

"매일 똑같은 시간에"

치열하게 읽고 메모하자

크게 내세울 것 없는 학창시절이었지만 유일하게 나를 으쓱이게 했던 것이 있다면 내 방 책장이었다. 한두 권씩 책을 모으다 보니 어느새 책상을 채우게 되고, 책장이 늘어남에 따라 그 자체가 자랑거리가 되었다. 보관할 가치조차 없는 월간지에서부터 역 앞 광장에서나 팔 것 같은 조잡한 책들까지 일단 책이라고 생긴 것들은 모조리 모으기 시작했다. 당연히 읽지 않은 책도 있었고 대충 읽은 것도 많았다. 책장을 배열하고 정리하는 일이 즐거웠다. 취미가 독서가 아니라 책장 꾸미기가 아니었나 싶다.

그러다 몇 년 전 자랑하던 책과 책장을 폐기했다. 이사를 하면서 공간이 부족해 눈물을 머금고 처분했다. 일부는 지인들에게 나누어 주기도 했지만, 대부분은 버렸다. 승용차로 몇 번을 옮겨 고물상 저울에 달았다. 후련하기도 하고 섭섭하기도 했다. 하지만 그 일로 자신에게 솔직할 수 있는 계기가 되었다. 책장 뒤에 숨어 멋있는 척 자신을 속이는 일은 하지 않아도 되었다.

독서 모임을 하고 나서 책 읽기가 달라졌다. 이전까지는 책 모서리를 접거나 낙서를 하는 일은 상상조차 할 수 없었다. 책은 깨끗하고 고상하게 읽는 것이라 여겼었다. 읽기는 했지만 집요하게 책 구석구석을 뒤져볼 일이 없던 나로서는 신선한 충격이었다. 두 시간 동안 돌아가면서 책 이야기를 나누는데 말 그대로 책을 씹어 먹는 시간이었다.

모임 후에 책이 주는 메시지는 혼자 읽고 덮었을 때와는 확연히 달랐다. 책을 읽을 때는 먼저 펜과 종이를 준비한다. 읽다 줄을 긋기도 하고 짧은 메모를 달기도 하면서 생각할 내용이 많은 곳은 특별히 모서리를 접어 둔다. 조금 긴 생각이 떠오르면 책 뒷장에 넣어 둔 종이에다 생각나는 대로 적는다. 맛있는 식사를 한 것처럼 한 권의 책을 다 읽고 나면 배가 부른 것이 느껴진다. 정말로 포만감이 든다. 책이 온전히 내 속에 들어온 느낌이다.

책 속에서 나만의 한 문장을 찾으려고 노력한다. 단락이 끝날 때마다 이 글이 주는 메시지가 무엇인지 잠시 생각한다. 저자의 의도를 정리하면서 갖는 묵상의 시간이 책을 더 깊이 이해하게 도와준다. 학교 다닐 때 이렇게 공부했더라면 틀림없이 명문대에 진학했을 것이다. 단락마다 나에게 적용할 한 문장, 그것을 생각하고 또 고민하면서 단지 좋은 명언으로 흘려버리는 것이 아니라 내 일상에 영향을 끼치는 문장으로 발전시키기 위해 노력하고 있다. 좋은 글은 반드시 숙성의 시간이 필요하다. 외우고 필사를 하면서 그 뜻을 더 깊이 파악하려고 애쓴다. 그러한 만남의 시간이 흐르고 나면 글은 차츰 내 것이 되어간다.

메모하는 것은 좋은 습관이다. 짧은 메모는 생각의 실마리를 제공하고 긴 문장을 만들어 낸다. 스스로 글감을 만들어 간다. 우리 뇌도 점점 이러한 환경에 맞게 진화된다.

메모는 때와 장소를 가리지 않는다. 항상 펜과 메모지를 준비하고, 휴대폰 메모장을 수시로 사용한다. 자다가 새벽에 문득 드는 생각이 있으면 눈을 비비면서 대충이라도 적어둔다. 운전 중에라도 잠시 차를 갓길에 대고 메모지를 꺼낸다. 메모도 습관이다. 좋은 습관은 삶의 토양을 단단하게 해준다.

노년이 되면 두 부류의 어르신이 있다고 한다. 젊은 시절 꾸준한 운동으로 그나마 다리 근력이 남아있어 지팡이라도 짚고 다닐 수 있는 분, 그렇지 못하고 침대 생활만 하게 되는 어른까지. 삶의 만족도가 얼마나 다를지 상상이 간다. 남은 인생을 의미 있게 보내고 싶다면 육체적 건강 못지않게 정신적 체력을 단련하는 일도 중요하다. 운동으로 다리 근력을 키우듯 정신건강을 위해 책을 가까이하는 습관을 가져보자. 이전보다 더 치열하게 읽고 고민하는 시간이 필요하다. 꾸준히 메모하고, 호기심을 유지하며 유심히 관찰하는 삶을 살아보자. 건강한 인생과 건강한 노년을 위한 포기할 수 없는 탁월한 선택이라고 믿는다.

책 속에 [illegible] 만의 한 문장을 찾으려고 노력한다.

다시 프롤로그 쓰기

중년에 접어들었다고 느낄 무렵, 사춘기처럼 공허함이 찾아왔다. 모든 것이 시시해 보이면서 점차 시들해졌다. 이대로 그냥 사라져 버리는 건 아닌가 하는 불안한 시간을 보내다 문득 글쓰기 아카데미를 발견했다. <윤슬타임>에서 진행하는 '기록디자이너' 모집 광고를 보게 된 것이다. 마감일이 지났지만 급하게 연락을 해 겨우 참가 신청을 했다. 그 순간부터 거짓말처럼 가슴이 뛰기 시작했다. 갑자기 철부지가 된 것처럼 현실적인 고민을 잊게 된 것이다.

학창 시절 딱 한 번 받았던 유일한 상이 '독후감상문' 상이었다. 문학 소년은 아니었지만, 혼자만의 시간을 좋아했고 공상을 즐겼다. 잊고 지냈던 그 감성이 오십이 넘은 지금 다시 살아났다. 기록디자이너 강좌가 끝나고 커리큘럼에도 없는 심화반 수업까지 만들어 수료했다. 수필 문학관에서 개설한 '수필아카데미' 수업도 듣고, 블로그에 글을 쓰면서 내 속 깊이 가라앉아 있던 열정을 다시 찾아냈다.

인생의 전반전은 무수한 갈림길에서 선택의 연속이었다. 짧은 직장생활과 다양한 사업과 여러 경험을 거쳤다. 그것들이 어떻게 연결됐는지 지금은 어렴풋이 보이지만, 당시에는 무의미한 점으로만 느꼈었다. 대학을 졸업하고 사회인으로서의 떨리는 첫 경험, 결혼식장에서 주례사를 들으며 가졌던 부담감, 첫 아이를 안았을 때 가장으로서의 무게, 그런 것들을 포용하며 살았다. 그렇게 전반전을 끝냈다. 그리고 중년이 되었다.

두 번째 50년을 맞이했다.

쉽게 잠들지 못하게 만드는 두려움 앞에 서 있다. 가 보지 않은 길은 설렘과 근심을 동시에 준다. 누구나 같은 마음일 것이다. 익숙한 것에서 벗어나 새로운 도전을 감행했다. 2020년 '공저 쓰기 프로젝트'에 참가해 「꾸준하게 실수한 것 같아」를 출간했다. 버킷리스트의 단골 소재인 '책 쓰기'를 해낸 것이다. 누구에게나 우연히 다가오는 기회가 있다. 알아차릴 수도 있고 그냥 지나칠 수도 있다. 분명한 것은 기회처럼 보이지 않는다는 것이다. 노무현 대통령은 "불확실할 때 도전하는 것, 그것이야말로 삶에서 의미 있고 보람 있는 일이다."라고 얘기하셨다. 가장으로서의 부담이 있고, 한 인간으로서 사회적 책임감도 있지만, 한 사람 개인에 대한 인생의 의미도 놓치지 말아야 한다.

첫 번째 책의 에필로그에 들어간 글이다.

'5년 혹은 10년, 아니면 그보다 더한 시간이 흐른 어느 날, 이 글을 읽고 있을 나를 상상해 본다. 첫 번째 에필로그를 적고 있지만, 내 인생의 후반전을 여는 프롤로그가 될 것 같다. 책을 쓰고, 배낭을 메고 여행을 다니면서, 죽는 날까지 심장이 두근거리는 삶을 살고 싶다.'

이 글에서처럼 내 인생 후반전을 글쓰기로 시작했다. 이전까지의 삶에 대한 에필로그이면서, 이후의 인생에 대한 프롤로그이기도 하다. 앞으로 의미 있는 무수한 점들을 찍어 갈 것이며 유의미한 점이 만들어 갈 큰 그림을 기대해 본다.

/

"생각대로 살지 않으면 사는 대로 생각하게 된다."

- 폴 발레리 -

책을 쓰고, 배낭을 메고 여행을 다니면서, 죽는 날까지 심장이 두근거리는 삶을 살고 싶다.

이번에는

저쪽으로 가 볼까

‘이미’와 ‘아직’의 경계에서

‘세상에서 가장 빠른 인디언’이라는 영화가 생각난다. 주인공 버트가 황혼의 나이로 꿈을 잃지 않고 최선을 다해 한 걸음씩 걸어가는 여정을 감동적으로 보여주는 영화다. 뉴질랜드에서 살던 노년의 버트가 미국의 속도제한이 없는 소금 평원 보너빌에서 열리는 ‘스피드위크 레이스대회’에 참가한다. 자신이 개조한 오토바이 ‘인디언’을 타고 최고 속도의 기록을 내보는 것이 소원이었다. 그것을 위해 지구 반 바퀴를 돌아 마침내 꿈을 이룬다는 이야기다.

영화에서 버트 먼로는 옆집에 사는 꼬마에게 이런 얘기를 한다.

"만약 네가 꿈을 끝까지 좇지 못한다면, 넌 식물인간과 다를 바가 없단다."

"가야 할 때 가지 않으면 말이다, 가려 할 때는 갈 수 없어."

한 가지 목표를 가지고 평생을 살았고, 모두가 늦었다고 생각되는 시점에 한 걸음씩 자신의 꿈을 이루기 위해 걸어가는 열정이 녹아있다.

아직 버트 먼로 같은 노년도 아니고 또 가진 게 오래된 고물 오토바이뿐인 것도 아니지만 미리 포기하고 자신을 제한하고 있는 건 아닌지 되돌아보게 된다. 여러 가지 재능과 가능성을 과소평가하고 지레 겁먹고 주저앉아 버린 일들이 많았음을 고백한다.

2021년 5월 통계청 조사 결과 국내 경제활동인구의 은퇴 연령은 평균 49.3세로 나타났다. 49.3이라는 숫자가 묻는다.

"그다음은 어찌 살 것인가?"

나는 그보다 몇 년을 더 버텼다. 사실은 고민만 하다 몇 년을 더 허비했다고 보는 게 맞을지도 모른다. 여전히 '이미'와 '아직'의 경계에서 서성이고 있다. 나이와 상관없이 누구나 그 경계의 언저리에 서 있는지도 모른다. 30대에도 그랬고, 오십이 되어서도 비슷하다. 어쩌면 육십이 넘어서도 인생의 남은 반에 대해 방황할지도 모른다.

앞에서 말했듯 일주일에 한 번 피아노 학원을 간다. 갈수록 처음 시작할 때의 용기와 달리 잔뜩 기가 죽은 채 문을 나선다. 양손이 내 마음대로 움직여주질 않아 화가 난다. 아니, 한 손도 온전히 내 뜻대로 안 된다. 생각대로 손가락을 움직이고 싶지만 그런 반응이 나오기에는 손가락도 굳어 있고 애초에 연습도 부족했다. "무슨 일이든 결국 성공하게 되는 가장 단순한 비법은 포기하지 않는 것이다."라고 쓴 글이 생각났다. 두 손이 알아서 자유롭게 움직여지는 일 따위는 불가능할 것만 같다. 하지만 내가 쓴 글에 대한 책임감으로 피아노 학원을 다시 등록했다. 하다 보면 되겠지. 언젠가는.

'이미'라는 말속에는 후회와 아쉬움이 묻어있다. 그리고 새로운 도전에 머뭇거리는 것도, 변화에 대한 두려움도 이미 가지고 있는 것에 대한 알량한 집착에 기인한 것인지도

“가야 할 때 가지 않으면 말이다, 가려 할 때는 갈 수 없어.

모른다. 좀 더 부자가 되거나 좀 더 젊어 보이는 것에 에너지를 쏟았다면 어땠을까, 그냥 쉬운 고민만 하면서 단순하게 살면 얼마나 편할까 싶을 때도 있다. 하지만 나는 자족하면서 살고 싶다. 또한 여전히 꿈꾸는 청춘이고 싶다.

'아직'에는 기회와 설렘이 있다. 지금까지 얼마나 오래, 멀리 왔든지 간에 아직 갈 길이 남은 것이다. 가끔 나이를 착각할 때가 있다. 그래도 된다. 잊고 살 수 있다면 나이 따위는 잊어도 좋다고 생각한다. 이미 끝난 것도, 아직 시작한 것도 아니다. 마음먹기에 따라 새로운 시작이 늦거나 불편하지 않은 게 우리네 인생이다. 감사하게도 아직 우리에겐 시간과 기회가 있다.

<안녕하신가영>의 '지고 있는 건 노을이에요. 그대가 아니잖아요.'라는 노래가 있다. 유튜브를 열어 한 번 들어보라. 감미로운 음색과 풍성한 노랫말을 통해 깊은 곳에 잠들어 있는 중년의 감성이 깨어날 수 있으면 좋겠다.

'이미'에 감사하고, '아직'에 흥분할 수 있기를.

당신의 오늘이 안녕하기를.

/

"당신이 결정을 내리는 순간

버려져 있던 어마어마한 에너지가 움직이기 시작한다."

- 로버트 프리츠 -

골방으로의 여행

딸과 둘이 여행을 떠났다.

제주도는 15년 만이다. 실로 오랜만에 여행 가방을 꾸렸다. 올레길을 걸으며, 숙소에서 긴 얘기를 나누며, 딸과 대화가 깊어졌다. 표선해수욕장의 모래사장에 앉아 서핑하는 아이를 보며 가방을 지키고 있었다. 온종일 바다를 바라보았다. 푸른 바다를 이렇게 오래 바라본 적이 있었던가 싶었다.

지금까지 다녔던 출장은 어쩌면 나만의 골방 찾기였는지도 모른다. 나는 골방을 여기저기에 남기고 있다. 특별할 것 없는, 아무도 눈치채지 못하는, 제2의 사춘기라도 온 것인지 나를 온전히 마주할 수 있는 그런 나만의 장소를 찾아다녔다. 단순히 공간의 문제가 아니다. 북극곰이 겨울잠을 위해 숨겨둔 비밀의 굴 같은, 아무도 모르는 순전히 개인적이고 주관적인 곳이었다.

꼭꼭 숨겨둔 골방 몇 군데를 안내하고 싶다.

필리핀 마닐라의 퀘존시티에 있는 빌리지에서 한 달 동안 지낸 적이 있었다. 아침 8시에 일어나 잠옷을 입은 채 빌리지 쪽문으로 나갔다. 빵집은 걸어서 5분이면 갈 수 있는 곳에 있었다. 갓 구운 반딧살(필리핀의 모닝 빵)을 사서 커피와 함께 간단히 아침을 먹고 동네 산책을 했다. 이웃에 일본인인지 중국인인지 모를 영감님 세 분이 2층 베란다에서 차를 마셨다. 항상 그 시간이면 만나는 풍경이었다. 인사라도 나누고 싶었지만 방해하고 싶지 않았다. 매일 아침의 여유로움이 그림 같은 풍경으로 남아있다.

내가 지냈던 곳은 도심에서 조금 떨어진 한적한 곳이었다. 빌리지라고 하지만 외국인들이 모여 사는 그런 멋진 곳과는 거리가 멀었다. 큰 개가 어슬렁거리기도 하고 눈이 충혈된 주민이 상의를 탈의한 채 노려보기도 하는 으스스한 분위기였다. 해가 지면 되도록 조용히 숙소에 있어야 했다. 그런 분위기 때문에 더 마닐라 같다는 생각이 들었다. 관광객이 아니라 현지인의 삶을 느낄 수 있어서 좋았다.

태엽에 감긴 것처럼 변함없는 일상에서 어딘가로 떠나야 했다. 한 달 살기 열풍이 불기 전이었지만 친구의 도움으로 목적이나 의미 같은 것들은 잊고 지낼 수 있는 곳을 찾았다. 커피를 마시고 산책을 하고, 오후에는 수영장이 있는 공원으로 트라이시클(오토바이에 사이드카를 장착해서 타는 택시의 일종)을 타고 가서 두어 시간 보내다가 왔다. 옥상에 올라 기가 막힌 노을을 보고 할 일 없이 마당에 앉아 밤이 되기까지 동네 아이들이 농구 하는 걸 지켜봤다. TV도 없고 인터넷도 없는, 덜덜거리는 선풍기 한 대가 전부인 곳이지만, 지나온 시간과 남아있는 시간을 천천히 되돌아볼 수 있었다. 그 후로도 마닐라를 여러 번 방문했지만, 그곳을 다시 가 보진 못했다. 추억 속에서 항상 그리운 곳으로 남아있다.

일본 규슈의 운젠에 있는 작은 여관을 다녀온 것은 20년 전의 일이다. 온천이 있는 조그만 마을이다. 버스터미널이 있는 마을 시작에서 지옥 온천이 있는 끝에까지 걸어서 10분이면 갈 수 있는 아담한 곳이었다. 우체국과 소방서 같은 관공서 건물들은 마치 장난감처럼 아기자기한 모양을 하고 있고, 동네 사람조차 연기자들이 아닌가 싶게 부드럽고 환한 미소를 건넸다. 아내와 그곳을 다녀와서 농담처럼 얘기했었다.

"혹시 급하게 해외로 도망해야 할 일이 있다면 운젠의 여관에서 기다릴게."

어스름한 땅거미가 질 무렵 도착한 그곳은 짙은 유황 냄새와 함께 군데군데 연기가 피어오르고 있었다. 예약한 여관의 주인은 친절한 분이었고, 로비는 일본식 다다미 바닥 특유의 향이 가득한 곳이었다. 며칠 지내는 동안 현지인처럼 다녔다. 동네를 천천히 둘러보고 관광객은 절대 오지 않을 것 같은 뒷골목에 있는 목욕탕에 들르고, 오래된 노렌(상점 입구의 처마 끝이나 점두에 치는 막)이 쳐진 소박한 식당에서 신선한 채소와 고기가 가득한 덮밥을 먹었다. 회복할 것이 있다면 여기서 회복되리라는 믿음이 드는 곳이었다.

몽골의 수도인 울란바토르의 외곽 동네에 있는 작은 교회가 생각난다. 흙먼지가 이는 골목길 안의 동네 교회에서 일주일간 지냈다. 구멍가게에서 과자를 사 먹기도 하고, 이웃 사람들과 멋쩍게 웃는 얼굴로 인사를 나누기도 했다. 거칠어 보이는 사람들의 얼굴에서 희한하게 어린애 같은 선한 웃음을 만날 수 있었다. 두 팀으로 나누어 봉사활동을 했다. 한쪽에서는 전기공사를 하고 있었고, 우리 팀은 동네 아이들을 모아 함께 놀았다. 대학 시절 농촌봉사활동 같은 분위기였다. 지금쯤이면 청년이 되었을 아이들이 아직도 사진 속에서 웃고 있다. 다시 가기는 어려울지 몰라도 그곳에서의 일주일은 내 기억 속에 장기저장 되어 언제든 꺼내 볼 수 있는 추억이 되었다.

다시 제주 표선해수욕장의 바다를 생각한다.

조용히 나만의 그리움을 채울 수 있는 곳, 어릴 적 의자 위로 이불을 덮어 만든 소박한 텐트 속에서의 순수한 호기심을 다시 만날 수 있는 곳, 지친 삶에 쉼표를 넣어줄 수 있는 곳, 나의 골방 찾기는 오늘도 현재진행형이다.

북극곰이 겨울잠을 위해 숨겨둔 비밀의 굴 같은, 아무도 모르는
순전히 개인적이고 주관적인 곳이었다.

저울을 들고
고민하는 당신

할까 말까 망설여질 때는 무작정 해 보자.

후회는 해 보지 않은 것에 대한 아쉬움이 아닐까. 남자들이 군대 얘기를 많이 하는 것도 그 시간을 이겨낸 경험이 스스로 대견하기 때문이다. 무슨 일을 당하게 될 때 자신이 쌓은 경험치가 용기를 내게 한다. 대학원을 다닐 때 지도교수님이 박사과정을 해 보면 어떻겠냐고 물으셨다. 말도 안 되는 얘기라고 생각하고 웃음으로 거절했다. 그때는 나이도 많았고 전공에 대한 열정도 부족했다. (나이가 많다고 생각했었다니!)

살까 말까 망설여질 때는 사지 말자.

아내가 일주일에 절반은 재택근무를 했다. 재택근무하고 나면, 희한하게 하루걸러 택배가 날아오기 시작한다. TV 앞에 앉아 노트북을 열어 놓으니 집중력을 발휘해야 하는 업무보다는 자극적인 홈쇼핑에 먼저 반응한다. 게다가 쇼호스트가 빠른 템포로 마감 임박을 외치니 마음이 급해진다. 지금 주문하지 않으면 큰 손해를 보는 것 같은 심정에 서둘러 버튼을 누른다.

"정신을 차리고 보니 나도 모르게 이렇게 되었어요."

예전에 업무상 건축 자재를 많이 다루었는데, 그때 주의할 것이 있었다. 바로 신제품이다. 건축박람회에 가 보면 '방수'에 관련된 제품이 수도 없이 쏟아진다. 하나같이 이 제품 하나면 끝난다고 광고한다. 집을 지을 때 제일 힘든 부분 중 하나가 방수이다 보니 거기에 관한 연구 또한 많다. 유튜브에서 어마어마한 설명을 듣다 보면 마음이 혹해져 더 이상 방수 걱정은 안 해도 될 것 같아진다. 하지만 그런 제품들은 쓸 수가 없다. 충분히 검증되지 않았기 때문이다. 한두 번 이런 일을 겪다 보면 신중해진다. 늘 실험정신으로 앞서 나가고 싶지만, 결과에 대한 책임은 부담이 될 수

밖에 없다. 새로 나온 아이디어 제품을 쓸 때는 조금 더 신중할 필요가 있다. '일단 사고 보자.'라는 마음을 경계해야 한다.

여행 가방 챙길 때 넣을까 말까 고민되면 넣지 말자.

고민했던 물건은 반드시 안 쓴다. '반드시'까지는 아니라도 어쨌든 쓰지 않을 확률이 높다. 가벼운 티셔츠나 양말 같은 것도 혹시나 해서 여유롭게 넣어 가지만 결국 다시 되가져 온다. 부피가 작아서 부담 없이 넣는 것도 있지만, 혹시나 하는 생각이 모여 작은 부피라도 결코 무시하지 못할 결과를 만들기도 한다. 그리고 사실 생각보다 필요 없는 경우가 많다. 치약이나 선크림도 작은 용량이면 족하다. 꼭 필요하면 현지에서 사는 것도 좋은 방법이다. 가방이 만만해야 여행지가 눈에 더 잘 들어온다. 꼭 필요한 것만 넣으려면 꼭 필요하지 않은 것을 빼면 된다. 비울수록 몸도 마음도 가벼워진다.

갈까 말까 망설여질 때는 가자.

여행 애기만이 아니다. 시간이 애매할 때 멍하니 있는 것보다는 쪼개서 가자. 자투리 시간을 적극적으로 사용하자. 나중에 가야지 하지만 다시 갈 기회가 생각보다 많지 않다. 피곤해서 '다음에'라고 미뤄두었던 만남이 못내 아쉬움으로 남는 경우가 더러 있다. 등산 중에 이번에는 이쪽 길로 가 볼까 생각이 들면 망설이지 말고 가 보자. 다양한 추억을 만들 수 있고, 새로운 나만의 루트가 생길 수도 있다. 망설이다 더 이상 시도할 수 없게 된 것이 있다. 무역 일을 한다고 그렇게 일본을 많이 다녔으면서 부모님 모시고 여행 갈 생각을 못 했다. 너무 후회된다. 핑계는 끝도 없이 많지만 결국은 가지 못한 것이다. 그때 망설이지 않았다면 하는 생각이 내내 아쉬움으로 남는다.

문득 떠오르는 생각은 기록해 둘까 말까 고민하지 말자.

생각을 그냥 흘려버려 후회할 때가 많았다. 이건 절대로 까먹지 않을 것이라 여겼던 것들을 수없이 잊어버렸다. 기억이 안 난다. 요즘은 침대 머리맡에 메모지와 펜을 둔다. 휴대폰도 옆에 두고 잔다. 꿈에 조상님이 나타나 숫자를 불러 주지는 않겠지만 단어나 짧은 문장이 떠오를 때가 있다. '이건 분명히 아침에도 기억 날 만한 내용이야.'라고 철떡

같이 믿고 눈을 감지만 대부분 그런 생각을 했다는 것조차도 기억하지 못한다. 그래서 열심히 메모한다. 희미한 메모가 내 글을 생생하게 살려줄 날을 기대하며. 작은 메모와 메모가 연결되어 멋진 스토리로 태어날 거라고 믿으면서.

사무엘 울만은 '청춘'이라는 시에서 이렇게 얘기했다.

> "청춘이란 인생의 한 기간을 말하는 것이 아니라 마음가짐을 말한다. 때로는 스무 살의 청년보다 예순 살의 노인이 더 청춘일 수 있다. 나이를 먹었다고 늙는 것이 아니라 이상을 잃을 때 비로소 늙는다. 당신은 여든 살로도 청춘의 이름으로 죽을 수 있다."

도전이 망설여지는 일이 있다면, 이번에는 망설이지 않을 생각이다. 나이와 상관없이 인생의 가장 푸른 시절을 살아가고 있다는 마음으로 살아가 볼 생각이다. 열정 가득히.

문득 생각나는 추억이 하나 있다. 대학 2학년 때, 비슷한 시간에 같은 버스를 타고 다니던 여학생이 있었다. 고민만 하다 결국 말 한번 걸어보지 못하고 군대에 갔다. 오랜 시간 동안(생각보다 오랜 시간은 아니겠지만) 얼마나 나 자신이 바보 같았는지. 슬쩍 말이라도 걸어보았더라면 아쉬움이나 후회 없이 추억으로만 남았을 텐데 하는 생각이 든다.

"정신을 차리고 보니 나도 모르게 이렇게 되었어요."

두 번째 영화,
두 번째 인생

'침묵'이라는 영화가 있다.

처음 봤을 때는 스토리를 제대로 이해하지 못했다. 마지막 장면에서 전체 퍼즐이 맞춰졌다고 할까. 예상했던 것과는 전혀 다른 결과에 놀랐다. 지나친 장면 속에서 짐작조차 할 수 없었던 의미가 하나씩 드러나면서 나도 모르게 심장이 두근거렸다.

'침묵'은 차 사고로 자신의 연인이 죽게 되고, 바로 그 사고를 낸 딸을 보호하기 위해 슬픔을 누르고 냉정해져야만 했던 아버지의 이야기이다. 임태산은 유나의 연인으로, 딸을 사랑하는 아버지로, 두 모습을 간직한 채 영화 내내 무거운 침묵과 차가운 연기를 보여주었다. 마지막 장면은, 처음으로 영상을 돌려 보게 하고 별 의미 없을 것 같았던 장면을 재해석하게 했다.

완벽한 알리바이를 위해 준비했던 유나의 대역을 바라보면서 다시 그녀의 모습을 떠올리는 임태산. 임태산은 눈물을 흘리며 미안하다고 말한다. '미안하다'라고 할 때 나도 함께 오열했다. 노천식당에 앉아 식사는 하지 않은 채 말없이 담배를 피우는 임태산의 모습. 그렇게 영화는 아무 일 없었다는 듯 잔잔한 영상으로 끝이 나고, 그리고 긴 여운을 남겼다. 같은 영화를 다시 보게 되면 처음과는 다른 감정이 느껴진다. 기대하는 장면 하나를 보기 위해 몇 번을 되돌려 보기도 한다. 그러다가 새로운 장면이 가슴에 꽂힐 때가 있다. 그때 그 영화는 또 다르게 다가온다. 전체 줄거리는 알지만 사소한 곳에 숨겨둔 감독의 의도를 발견했을 때 느껴지는 감독과 나와의 지극히 사적인 유대감, 그게 또 긴 여운이 되고 다시 확인하고 싶게 만드는 끈이 된다.

영화 이야기를 하고 있지만, 사실은 나이가 들면서 새롭게 다가오는 의미를 얘기하고 싶다. 전차의 작동원리를 소개하면, 전차는 기동 바퀴에서 전하는 힘을 받아 연결된 궤도를 통해 전진하게 된다. 바퀴를 중요하게 생각할 수 있지만, 체인처럼 연결된 궤도의 단편들이 서로 연결되어 있지 않으면 앞으로 나가지 않는다. 제자리만 맴돌 뿐이다. 인생도 전차의 원리처럼 큰 축이 바퀴를 굴리지만 결국 작은 궤도의 연결이 일을 해내는 중요한 역할을 한다.

'침묵'이라는 영화에서 감독이 숨겨놓은 엄청난 반전과 그것을 암시하는 사소한 장면을 떠올려본다. 좋은 영화가 섬세한 디테일에서 완성도를 높이는 것처럼, 좋은 인생도 소소한 일상의 디테일이 깊은 결과를 만들어 낸다. 지극히 작은 일이 서로 연결되어 큰 그림을 만들어 내는 것이다. 중요하고 큰 것은 잘하면서 사소한 작은 것은 가볍게 여기고 무시하는 건 아닌지 살펴볼 필요가 있다. 무엇보다 영화는 다시 볼 수 있지만, 인생은 다시 살아볼 수 없다는 것을 잊지 말아야 한다.

좋은 인생도 소소한 일상의
디테일이 깊은 결과를 만들어 낸다.

나는 행복합니다

지금 행복하냐고 물어온다면 자신 있게 대답할 것이다.

"네."

"행복합니다."

행복이란 사람마다, 환경마다 의미가 달라 한마디로 정의하기는 힘들 것이다. 하지만 서로 다른 모양의 행복일지라도 행복을 유지하기 위해서는 꾸준한 노력이 필요하다. 무엇보다 잘 살아야 한다. 잘 산다는 것은 부자가 되어야 한다는 말은 아니다. 부자인 것도 좋겠지만 그것은 행복의 여러 장치 중 작은 요소에 지나지 않는다. 잘 산다는 것은 시야가 넓고, 신념이 지켜지고 있다는 의미이다. 매 순간 행복하기로 정하고, 그 방향을 잃지 않고 있다는 뜻이기도 하다.

살아오면서 목적지와 다른 방향으로 달릴 때가 있었다. 아이템에 눈이 멀어 지금 내가 무슨 경기를 하고 있는지, 어디를 가야 하는지를 잊어버린 경우이다. 아이가 어릴 때 마트에 데려갔다가 원래 사려던 것이 있었지만 거기까지 가기도 전에 다른 걸 사 버린 경험이 있을 것이다. 엉뚱한 것에 정신이 팔려 처음의 목적을 잊어버린 것이다. 우리의 인생도 다르지 않다. 열심히 노력하는 것과 동시에 내가 진정 원하는 것이 무엇인지 때때로 점검하지 않으면 쉽게 방향을 잃어버리게 된다.

중국에서 십여 년 동안 무역 일을 하다가 한국으로 돌아온 친구가 있다. 귀국해서 새로운 일을 찾아 여기저기 알아보았지만 결국 놀고 있다. 건강하고 능력도 있지만 마땅한 일을 찾는 게 쉽지 않았다. 나중에는 아파트 경비에 지원했다가 떨어졌다. 나이가 많다는 게 이유였다. 최근에는 경비도 젊은 친구들로 바뀌는 추세다. 인생 후반전에 대해 막연한 고민만 했지, 어떻게 하면 행복을 유지할 수 있을까에 대한 고민이 부족했다는 생각이 든다. 건강한 후반전, 행복한 후반전을 위해 어떤 것이 필요할까. 나는 네 가지에 대한 준비가 필요하다고 생각한다.

돈, 관계, 건강, 의미

우선 내 자산을 돋보기로 꼼꼼하게 살펴봐야 한다. 어쨌든 돈은 필요하다. 실질적으로 얼마나 필요한지 고민해야 한다. 지출 규모를 확인해보자. 직장에서 잘 나갈 때를 기준으로 삼을 수도 없고, 기초 연금에 맞춰 자린고비로 살아갈 수도 없다. 한 번 늘어난 지출은 줄이기 어렵다. 또 시간의 여유가 생기면 지출도 계속 늘어나기 마련이다. 아직 퇴직 전이라면 작은 것부터 기록해 보고 실험적으로 줄여보자. 습관적으로 써 오던 것들을 정리만 해도 의미 있는 간격이 생긴다. 가계부를 적어보자. 계획을 세우고 결과를 기록하자. 특히 요즘은 관련 앱이 많아 쉽게 정리할 수 있다. 남들에게 어떻게 보일까에 대해서는 신경 쓰지 말자. 자산이 어느 정도인지, 부채는 감당할 수 있는 수준인지, 돈에 대해 분명하고 정확한 정보를 가지고 있어야 한다.

좋은 사람을 만나야 한다. 나이가 들수록 관계는 더욱 중요해진다. 좋은 관계를 만들고 유지하기 위해서는 정성이 필요하다. 평소 관심을 갖는 습관과 배려가 있어야 한다. 한 달에 한 번 연락하는 날을 정해 놓고 카톡으로라도 안부를 전해보자. 생일에 커피 쿠폰을 보내는 것도 좋다. 쉽게 마음을 전하는 방법이다. 따뜻한 메시지를 붙이면 더 큰 감동을 줄 수 있다. 그런 마음으로 새로운 관계를 만들고, 오래된 관계를 잘 유지하는 것이 행복의 또 다른 비결이라고 생각한다.

건강을 위한 구체적 계획을 세워 실천해보자. 건강을 잃으면 많은 것을 포기해야 한다. 아직 회복할 수 있는 체력이 남아있다면 노력해야 한다. 비록 혈압약을 복용하고, 당뇨 수치를 매일 체크 해야 할지라도 가벼운 등산이나 제법 긴 코스의 산책을 즐길 수 있는 체력이 있다면 조금 더 욕심을 내어 보자. 술, 담배는 물론이고 식사량도 줄이고 움직임은 늘리자. 건강한 체력에서 '행복한' 정신이 나온다는 것을 잊지 말아야 한다.

마지막으로 삶의 의미에 대해 생각해봐야 한다. 인생의 어느 시기를 살아가든 가장 중요한 부분이다. 젊을 때는 결과를 향한 질주에 여념이 없어 소홀해지기 쉬운 부분이 아닐까 생각한다. 꼭 남을 위해 희생하라는 말이 아니다. 내가 남길 유산이 무엇인지 고민하면서 좀 더 가치 있는 일에 시간과 노력을 투자할 필요가 있다. 상담센터를 운영하는 후배가 있고, 북카페나 책방을 시작한 친구도 있다. 비영리 단체를 만들어 봉사활동에 전념하는 친구도 있다. 이들 모두는 지속적인 적자를 감당하겠다는 의지로 사업에 뛰어들었다. 돈이 필요 없어서가 아니다. 그런 일들이 주는 삶의 의미가 보편적인 욕망을 넘어섰기 때문이다.

누구에게나 가슴을 뛰게 만드는 일이 있다. 나이가 들었다고 해서 사라져 버린 것이 아니다. 잠자고 있는 열정을 외면하지 말고 지금부터라도 새롭게 시작해 보자. 돈을 벌고, 관계를 새롭게 정립하고, 의미 있는 일상을 만들어 나가고, 건강을 유지하는 노력을 통해 가슴 뛰는 삶을 살 수 있도록 노력해보자. 단편적인 욕망만으로 살아가기에는 인생이 너무 소중하다. 먹고 살 만할 때까지 기다리지 말자. 어떻게 마음을 먹느냐에 따라 어쩌면 이미 '먹고 살 만한 인생'을 살고 있는지도 모른다.

/

"새로운 경험으로 사고가 한 번 확장하면

결코 그 전으로 돌아가지 못한다."

- 올리버 웬들 홈스 -

열심히 노력하는 것과 동시에 내가 진정 원하는 것이 무엇인지
때때로 점검하지 않으면 쉽게 방향을 잃어버리게 된다.

단식원에 다녀와서 식탐이 생겼다

출장이든 여행이든 계속해서 해외로 다니다가 꼼짝없이 묶여 있으니 어디든 떠나고 싶었다. 좀 더 정확히 얘기하면 낯선 곳에서의 아침 풍경, 그곳의 호텔이 그리웠나. 근사한 호텔이 아니더라도 일과가 시작되기 전 일행보다 조금 일찍 로비에 내려와 보내는 시간이 좋았다. 잔잔한 음악과 여기저기 흩어져 있는 여행 가방, 뭔가 자유로워 보이는 사람들. 그러한 분주한 아침 풍경 속에서 노트를 꺼내 뭐라도 쓰고 있을 때마다 내가 살아있다는 것을 느꼈다.

여행을 떠나기 힘든 어느 날, 혼자 며칠 떠나 있기에 단식원만 한 곳이 없어 보였다. 생각이 거기에 다다르자 조바

심이 생겨 급하게 예약을 했다. 이 정도 호사는 충분히 누릴 수 있다는, 누려도 된다는 자기최면으로 당당히 결정했다.

아산의 온천 단지가 있는 곳으로 떠났다. 속을 비워보리라는 계획과 함께 이참에 복잡한 마음도 비울 수 있으면 좋겠다는 바람이었다. 아산은 차로 오가다 지나친 적은 있지만, 목적지로 다녀오기는 처음이었다. 3박 4일 코스를 신청했다. 하루 꿀차 두 잔을 마시면서 버텨야 했다. 오전 산책 프로그램을 마치고 돌아오면 로비에 따뜻한 차가 준비되어 있었다. 조금씩 아껴가며 몸 깊숙한 곳까지 스며드는 꿀차의 향을 느껴 본다. 오후 일정은 참여하지 않고 미리 봐 두었던 인근 카페에서 책을 읽었다. 규정상 불가한 일이지만 슬쩍 나가는 것까지 간섭하지는 않았다.

결과적으로 말하자면 단식에는 실패했다. 며칠 만에 3kg이나 빠졌으니 성공한 듯 보였지만 부작용으로 식탐이 생겼다. 그리고 무엇보다 마음이 전혀 비워지지 않았다. 그래도 얻은 것은 있다. 감사하게도 마음은 그냥 비울 수 있는 게 아니라는 사실을 알게 되었다. 계속해서 다른 무언가로 채워지는 것이었다. 마음을 비우고 싶다면 비우려고 노력만 해서는 안 된다. 다른 마음이 소망이 되어 채워지지 않고서는 원래의 것은 없어지지 않는 것이다.

> "정해진 트랙만 도는 경주마를 생각해 보게. 무슨 고민이 있겠나?
> 그냥 골인 지점만 바라보고 무작정 달려가면 되잖아? 하지만 야생마들은 달라. 가야 할 곳이 어딘지, 피해야 할 곳이 어딘지를 끊임없이 생각하고, 천천히 달려야 할 때와 질주해야 할 때를 매 순간 판단해야 돼. 경주마는 달리기 위해 생각을 멈추지만, 야생마는 생각하기 위해 달리기를 멈춘다네."

– 「하워드의 선물」 중에서 –

살다 보면 '인생의 단식'이 필요한 순간이 온다. 멈추어 서서 '내가 누구인지, 어디로 가고 있는지' 생각해 보는 시간이 필요하다. 단식을 해 보니 일상에서 습관처럼 먹던 것의 의미를 알게 되었고, 은퇴하고 나니 일의 귀중함과 보람을 깨닫게 되었다. 헤어진 후에야 소중함을 알게 되고, 중년이 되고 보니 청춘의 눈부심을 그리워하게 되었다. 가끔 일시 정지 버튼을 누르고, 자발적으로 '멈출 수 있는 사람'이 되어야겠다.

/

"위험은 자신이 무엇을 하는지 모르는 데서 온다."

- 워런 버핏 -

살다 보면 '인생의 단식'이 필요한 순간이 온다.

잘 듣는 사람,
공감하는 사람

코로나19 이전에는 매달 일본 출장을 다녔다. 일행 대부분이 일본어가 되지 않아 나에 대한 의존도가 높았다. 도쿄 빅사이트에서 열렸던 건축박람회 때의 일이다. 일본에 진출한 한국업체가 부스를 열었는데 한국 직원과 상품에 대해 의논을 하고 있었다. 같이 간 일행이 나를 쳐다보면서 자꾸 물었다.

"뭐라고 하는 겁니까?"

"지금 한국말로 얘기 중인데요."

어리둥절한 표정이었다. '정말?'이라는 눈치였다. 마음을 닫고 귀를 닫으니 신기하게도 진짜 들리지 않는 모양이었다.

일본어 강사 시절 학생들에게 이런 얘기를 했었다.

"초급단계 때 일본여행 가면 일본어를 들으려는 생각은 접고, 일단 마음을 열고 귀를 기울여라."

일본어만 자꾸 신경 쓰다 보면 전체 흐름을 놓칠 수 있다. 그 사람의 표정과 말투, 그 속에서 한두 단어만 알아차려도 충분히 의미 파악이 가능하다. 어려운 비즈니스 대화를 나누는 게 아니기 때문이다. 그러고 보면 우리끼리도 말이 안 통하는 것을 보면 단순히 언어의 문제만은 아닌 것 같다.

군대 있을 때 일이다. 당시 공군은 2년에 한 번씩 한미 연합훈련을 했었다. 그 기간이면 미군 헌병과 둘이서 하루 6시간 합동 근무를 서게 되었는데, 긴 시간 동안 각자 사전 하나씩만 가지고도 얼마나 재미난 대화를 했는지 모른다. 심지어 휴일에 숙소까지 찾아가 놀기도 했다. 잘 들으려 애쓰면 서로의 표정과 몸짓만으로도 많은 의미를 주고받을 수 있다는 사실을 알게 되었다. (내가 영어에 얼마나 심각한 알레르기가 있는지 안다면 거의 기적에 가까운 일이다.)

사람들과 함께 있을 때 내가 말이 제일 많다면 반성해야 한다. 밥이나 차를 산다고 해서 대화를 주도해 간다면 그 자리를 불편해할 사람이 있다는 것을 생각하자. 대화 중에 잘 듣는 편이라면 더 자주 만날 기회가 올 것이고, 더 좋은 영향을 주고받을 수 있다. 권위는 내가 만드는 것이 아니라 상대가 세워주는 것이다. 사람들이 내 충고나 내 말을 듣고 생각이 바뀌었다고 한다면 그건 나 때문이 아니다. 그 사람이 귀를 열었기 때문이다. 착각하지 않도록 주의를 기울이자.

"눈과 귀가 멀쩡하다고 바로 보고 바로 듣는 것은 아닙니다.
중요한 것은 마음의 눈이고 마음의 귀입니다."

헬렌 캘러의 말이다. 물론 장애와는 다른 얘기이다. 그보다는 세대 간의 소통이나 타인과의 관계에서 누구나 어려움을 느낄 수 있으니 좋은 관계를 유지하기 위해서는 마음으로 듣는 것이 가장 중요하다는 의미이다. 대화가 안 되고 대립만 하는 집단을 살펴보면 서로의 말을 잘 듣지 않는다. 그래서 일방적으로 억지를 부리는 것이 아닌데도 말이 안 통하는 것이다.

알아 간다는 것은 잘 듣는 것에서 시작한다. '이럴 것이다.'라는 추측과 선입견을 내려놓고 온전히 상대의 입장이 되어 충분히 공감하면서 듣는 것이 중요하다. 나이가 들면 지금까지 살아온 시간만큼 반복해서 경험한 지혜가 쌓여야 한다. 상대방과의 대화를 위해 눈높이를 맞추고 상대의 말을 중간에 자르지 않고 끝까지 잘 들어야 한다. 이미 모두 알고 있는, 옛날에 다 겪었던 뻔한 얘기라 하더라도 진심으로 귀를 열어야 한다. 그 진심이 전해지면 애써 내가 정답을 내놓지 않더라도 스스로 답을 찾게 된다.

잘 들으면 많은 것을 배울 수 있다. 인생 후반전을 살아간다는 것은 전반전의 루틴을 반복하는 것이 아니라 새로운 경로를 개척하는 일이다. 다른 사람의 이야기에 귀를 기울이고 그들의 인생에 관심을 가진다는 것은 내 삶에 훌륭한 멘토를 만나는 효과가 있다. 누구에게나 얻을 만한 지혜가 있고 나눌만한 이야기가 있다. 숫자만 더해진다고 어른이 되는 것도 아니고, 무게만 잡는다고 멋진 중년이 될 리 없다. 이전과 다른 시대를 살고 있다면 이전과는 다른 방식으로 소통해야 한다. 솔직해야 하고, 인정해야 하고, 공감해야 한다. 뉴스 채널만 고집하지 말고, 막장 드라마를 보면서 아내와 함께 열을 내기도 하고, 아이와 함께 '쇼미더머니'에 나오는 힙합 그룹의 음악을 들으며 리듬에 맞춰보자. 상대를 인정하는 것이 곧 내가 인정받는 것이다.

멋진 중년은 일방통행이 아닌 양방향 통행으로 완성된다는 사실을 잊지 말자.

그러고 보면 우리끼리도 말이 안 통하는 것을 보면
단순히 언어의 문제만은 아닌 것 같다

웃기는 놈

인생 전문가인 호사카 다카시는 정신과를 찾은 환자들에게 일부러 웃긴 농담을 건넨다고 했다.

"만약 환자가 조금이라도 웃어준다면 그렇게까지 심각한 상태가 아닙니다. 그러나 농담을 듣고도 아무 반응이 없다면 확실히 문제가 있는 경우가 많습니다."

나는 어릴 때 조용한 성격이었다. 심지어 중학교 생활기록부에 '말이 없고 친구들과 어울리지 않는다.'라고 적혀 있다. 성격은 고등학교 때부터 조금씩 바뀌었고 대학에 가서 완전히 외향적으로 변했다. 원래 그런 성격이 나중에 드러난 것인지, 후천적 환경에 의해 변한 것인지 알 수 없다. 하지만 완전히 달라진 것은 사실이다.

웃긴 얘깃거리가 있으면 메모를 했고, 농담도 시도 때도 없이 했다. 같은 얘기도 여러 번 반복하다 보니 요령이 생겼다. 웃음 포인트를 잘 잡았고, 차츰 '웃기는 놈'으로 인식되어 갔다. 한동안은 조절이 안 되어 스스로 실없는 놈이 된 것 같은 자괴감에 빠지기도 했지만, 나이가 들고 경험이 쌓이면서 안정적으로 유머를 사용할 수 있는 기술이 생겼다. 그러면서 생각 자체도 유연해졌다. 긴장되고 어려운 일을 만나게 되더라도 긍정적인 신호를 내보낼 수 있게 되었다.

젊은 시절에는 유머러스한 성격이 사람들에게(특히 이성에게) 관심 끌기의 방법에 불과할지 몰라도 중년이 되면 필수라고 생각한다. 유머는 상황을 어떻게 받아들이고 이해하는지와 관련이 있다. 항상 심각한 자세를 유지하고, 당연하고 바른 소리만 한다면 점점 소외될지도 모른다. 모든 일을 심각하게 받아들이는 사람을 좋아하는 사람은 없다. 반면 유쾌한 농담에 대해 반응이 없는 사람도 있다. 안 웃는 게 아니라 못 웃는 경우인데, 어휘력이나 문해력의 문제가 아니라고 생각한다. 너무 경직되어 있거나 공유하고 공감하지 못 하는 것이 문제일 수 있다. 그럴 때는 일부러라도 웃어보자. 여유가 생기면서 한결 편안하게 대화에 참여할 수 있다.

여유 있는 마음은 어떠한 상황에서도 본질을 볼 수 있는 시야가 생긴다. 스스로를 관찰하고 살펴보자. 나아가 주변 사람, 특히 가족에게 물어보자. 내가 유머가 있는 사람인지, 무게만 잡는 사람인지. '웃기는 놈'이 되기 위해서는 노력이 필요하다. 오늘 누군가를 만나게 된다면 가벼운 농담을 건네 보자. 평소 꾸준하게 시도하다 보면 자연스러워지고, 부드러워지게 될 것이다. '웃기는 놈'이 어렵다면 먼저 '웃는 놈'이 되어보는 것도 괜찮을 것 같다.

/

"재능이 없다고 말하는 사람들은

대부분 별로 시도해 본 일이 없는 사람들이다."

- 앤드루 매튜스 -

'웃기는 놈'이 어렵다면 먼저 '웃는 놈'이 되어보는 것도 괜찮을 것 같다.

에필로그

/

우물쭈물하다 내 이럴 줄 알았지

"I knew if I stayed around long enough,

something like this would happen."

영국의 극작가이자 노벨문학상을 수상한 '조지 버나드 쇼'의 묘비명이다. 너무 유명해서 오히려 평범한 얘기가 되었지만 생각할수록 깊이가 느껴진다.

오래전 교회 수련회 때 '임종체험' 시간이 있었다. 나무 관을 만들어 한 명씩 누웠다가 나오기도 하고 유서 쓰기까지 진행되는 프로그램이었다. '한 번 죽어보는' 경험을 통해 진짜 중요한 것이 무엇인지, 어떤 삶을 원하는지 생각하는 것이 목적이었다. 무거운 음악과 엄숙한 분위기는 그것에

흠뻑 빠져들게 하기에 충분했다.

체험 프로그램이 아니라 진짜 죽을 뻔한 기억이 있다. 중학생 때 동네 형들이랑 개울에 갔다가 물에 빠졌었다. 희한하게 지금도 그 순간이 생생히 기억난다. 그 짧은 시간에 어떻게 그런 많은 생각이 스쳤을까 의아했다. 어린 나이였지만 나무관이나 가짜 유언장하고는 비교할 수 없는 충격을 받았다. 지금 이 순간 다시 '임종체험'을 경험한다면 어떤 마음이 들까. 진짜 '죽을 뻔한 일'을 당한다면 또 어떨까. 이 땅에서 살아가는 것이 한 편의 연극무대라면, 나는 어떤 배역일까 라는 생각을 했다. 언젠가 무대는 끝날 것이고 나의 배역에 대한 평가가 내려질 것이다.

'성실하게 감사함으로 잘 감당했을까?'
'하찮은 역할이라 여기고 대충하진 않았을까?'

어쩌면 하나님은 배역만 정해주고 그 역에 대한 세세한 설명 없이 우리를 무대에 올려놓았는지도 모른다. 말 그대로 '자유의지'로 우리에게 삶을 맡겨 주셨을지도. 한정된 시간 속에서 내가 맡은 역할을 내 의지대로 꽃피울 것인가, 그냥 엑스트라로 사라질 것인가 결단의 시간 앞에 매 순간 서 있다.

시간이라는 뜻을 가진 두 가지 그리스어가 있다. '크로노스'와 '카이로스'이다.

같은 시간이라고 부르기에는 의미가 너무 다르다. 크로노스는 일반적으로 인식하는 '흘러가는 시간'을 말한다. 여기에는 누구에게나 같은 조건이 내재되어 있다. 해가 뜨고 지는 것처럼, 비가 온 땅에 공평히 내리는 것처럼 일반적인 신의 은총과도 같은 것이다. 4시 59분과 5시 사이에 120분을 끼워 넣고 싶다는 어느 사업가의 말처럼 항상 바쁘고 부족한 시간 속에 사는 사람에게나, 오후의 달콤한 낮잠의 여유를 즐길 수 있는 사람에게나 똑같이 주어지는 시간이다. 하지만 카이로스는 '내 존재의 의미를 규정짓는 결정적 시간'을 의미한다. 의미 있는 일상을 만들어 가는 나만의 시간, 신이 나를 만든 '목적에 이끌린 삶'을 살아가는 특별한 시간이다. 마음을 온전히 다하는 그런 시간이다.

매 순간 카이로스의 시간 속에서 살아가고 싶다. 그 마음을 품고, 계획하고, 나아갈 것이다. 에필로그를 쓰면서 내 책의 첫 번째 독자가 되어 중년의 삶을 바라본다. 성공과 실패의 방향이 아니라 성실과 감사의 관점에서 점검해본다. 내가 맡은 배역이나 남은 삶에 대한 새로운 비전을 꿈꾸며 '두 번째 비상'을 시작한다.

조지 버나드 쇼의 묘지명처럼 우물쭈물하다 후회하지는 말아야겠다.

/

"하루의 3분의 2를 자기 마음대로 쓰지 못하는 사람은 노예다."

- 니체 -

참고서적에 감사하며

지금부터 소개될 책은 참고하기 위해서 읽은 것은 아니다. 글을 쓰면서 읽었던 책 중에 영향을 받은 몇 권을 선택했다. 내용 중에 인용한 글도 있고 참고한 것도 있다. 분명하게 인용한 글은 표시를 했다. 특정 부분이 아니라 여러 글에서 영향을 받았기에 비슷한 문장도 더러 있다. 숨기려는 것은 아니며, 온전히 내 머리에서 나온 얘기가 아니더라도 사색을 통해 내 속에서 자리 잡게 된 것들임을 밝혀둔다. 책 속에 어디서 본 듯한 글이나 들은 듯한 내용이 나왔더라도 너그럽게 용서해 주기 바란다.

/

어쩌다 보니 50살이네요

인디고, 히로세 유코 글, 박정임 옮김

아내의 50살 생일선물로 샀던 책이다. 제목만 보고 주문했었다.

「어쩌다 보니 50살이네요」

2년이 지나 책장에 자리하고 있던 책을 꺼내 읽었다. 여성스럽고 잔잔한 글과 따뜻한 무채색의 사진은 디자인만으로도 50을 기념할만하다는 생각이 들었다. 여성적인 감성과 심리 묘사에 대한 글을 읽으면서 몇 군데 줄 친 부분이 생겼다. 책이 주는 유익이 문장에만 한정된 것이 아닐 수 있겠다 싶었다.

/

마흔세 살에 다시 시작하다

㈜휴머니스트 출판그룹, 구본형 글

작가는 10년마다 자신의 인생을 정리하는 책을 내겠다고 했지만 예순이 되기 전에 폐암으로 돌아가셨다. 미래를 다짐했던, 하지만 지금은 곁에 없는 이의 남겨진 글을 읽는다는 것은 묘한 아픔이 수반되었다. 책 속의 어떤 부분이 나의 생각인지, 구본형 작가의 생각인지 헷갈린다. "내 생각치고 오리지널 내 생각이라는 것이 있을까? 문화는 처음 만든 사람의 것이 아니라 일상 속에서 그것을 사용하는 사람들의 것이다."라던 그의 말이 유독 마음에 남는다.

/

독서를 위한 독서

도서출판 담다, 윤슬 글

궁극적으로 '읽기'라는 행위를 통해 삶이 달라지기를 원한다면 좀 더 치열하게 읽어야겠다는 생각을 하게 되었다. 독서를 통해 새로운 '질문'을 끊임없이 생성하고 또 거기에 대답하는 인생을 만들어 가고 있다. 누구나 알 것 같지만 곰곰이 들여다보지 않아 놓치고 있었던 독서의 비밀을 발견하는 기회였다. 특히, 작가의 삶을 조금 들여다본 나로서는 글이 전하는 의도와 그 이면의 숨겨진 이야기를 유추해 보는 즐거움이 있었다. 윤슬 작가의 '삶을 통한 메시지'는 책과 함께 깊은 공감과 다짐을 남기고 있다.

/

마흔에 관하여,

한겨레출판, 정여울 글

작가 자신의 삶을 보여주는 글을 읽고 어쩌면 이렇게 '나와 같은 아픔을 느끼고, 나와 같은 결단을 하고 있을까'라는 생각을 했다. 「마흔에 관하여」는 마흔에 한정된 얘기가 아니라 자신에게 솔직해지고 싶은 이 시대의 많은 중년을 위한 지침서였다. 서른이나 그보다 더 젊은 사람들이 읽어야 하며 오십이 넘었거나 그 이상의 사람들이 읽어야 할 책이었다. 책을 덮고서야 부제로 적힌 '비로소 가능한 그 모든 시작들'이란 글이 눈에 들어와 오래 머물렀다.

/

1그램의 용기

푸른숲, 한비야 글

'가슴 뛰는 삶을 살고 싶다.'라고 외쳤던 것이 20년은 넘었던 것 같다. 바로 한비야 작가의 글에서 가져온 말이다. 그 후 고민이 생길 때마다 '이 일이 정말 가슴 뛰는 일인가?' 생각하게 된다. 젊었을 때는 한비야 작가의 글을 읽다 보면 '왜 이렇게까지 하는 걸까?' 의문이 들기도 했다. 무한 긍정의 눈으로 보더라도 과하게 느껴지는 것이 사실이었다. 하지만 중년이 된 지금, 나이를 먹을수록 그녀의 글이 점점 더 새롭고 깊게 다가옴을 느낀다.

/

하워드의 선물

㈜위즈덤하우스, 에릭 시노웨이, 메릴 미도우, 김명철, 유지연 옮김

같은 책을 다시 보는 경우가 잘 없는데, 이 책은 반복해서 읽었다. 그냥 읽은 것이 아니라 밑줄 긋고, 메모하고, 귀접기를 하며 꼼꼼하게 읽은 책이다. 자기개발서에 살짝 질린 요즘, '날 따라오너라' 식이 아니어서 좋았다. 하워드 교수님의 방식, 예컨대 비유로 설명하는 것에 공감했고, 마치 하워드 교수와 에릭과의 사적인 담소에 함께 있는 듯한 몰입감을 느낄 수 있었다. 가장 인상적이었던 페이지는 네 번째 '인생은 어려울 때가 제대로 가고 있는 것이다.'라는 부분이었다. 성공과 실패에 대한 진정한 정의를 통해 지혜를 얻을 수 있었다.

그리고 여러 권의 또 다른 책.

그들의 글과 삶과 발자국을 통해 내 인생이 선한 영향을 받았음을 고백한다. 책과 인생은 비슷한 과정을 통해 만들어지는 것 같다. 여러 작가님의 글을 통해 다른 시선을 갖게 되었고 새로운 도전을 받게 되었다. 깊은 감사 인사를 드린다.